KB080245

드라이버에 40번
찔린 시체에 관하여

드라이버에 40번
찔린 시체에 관하여

한국추리작가협회 창립 40주년 기념 앤솔러지

황세연
김영민
한새마
김범석
여실지
유재이
조동신

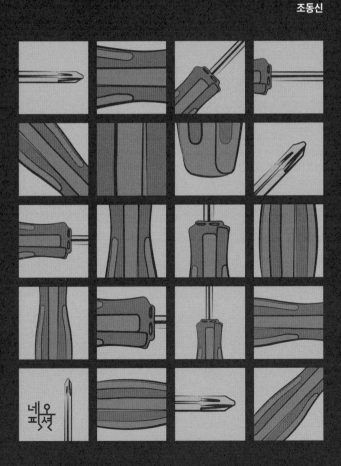

네오
픽션

차례

40원

황세연

스포츠서울 신춘문예에 「염화나트륨」이 당선되어 데뷔. 장편 추리소설 『나는 사랑을 믿지 않는다』로 PC통신 문학상, 『미녀사냥꾼』으로 한국추리문학상 신예상, 『내가 죽인 남자가 돌아왔다』로 교보문고 스토리공모전 대상과 한국추리문학상 대상, 단편 추리소설 「스탠리 밀그램의 법칙」과 「흉가」로 황금펜상을 2회 수상했다. 근래 발표작으로 장편 『내가 죽인 남자가 돌아왔다』 『삼각파도 속으로』 단편 「흉가」 「고난도 살인」 「냥탐정 사건 파일: 천사의 심장」 「내가 죽인 남자」 등이 있다. 소설 외에도 국가정보원 홈페이지에 연재한 추리퀴즈를 모은 『IQ 추리퀴즈 프로젝트』 『EQ 추리퀴즈 프로젝트』, 동화책 『셜록 홈슨 탐정단: 도깨비 광산의 비밀』 등을 출간했다.

2003년 11월 16일(일요일) 계획

1. 오전 : 수면제를 탄 음료수, 잭나이프, 삽, 비닐장갑, 돗자리,
   펑크 난 타이어를 차에 실어둠.

2. 오후 3시 : 인터넷으로 영화 다운로드 시작. 영화 다운로드
   는 저녁 6시에 멈추도록 설정.

3. 오후 3시 10분 : 인슐린 주사 맞음. 휴대폰을 집에 놔두고,
   차를 몰고 집을 나섬.

4. 강명훈의 회사 뒤쪽 외진 골목에 차를 세움. 회사 앞에서 사

람들의 눈에 띄지 않게 조심하며 강명훈을 기다림.

※강명훈은 6시까지 근무지만 일요일이어서 예정보다 일찍 퇴근할 수도 있으니 주의.

5. 강명훈이 회사에서 나오면, 주변에 볼일 보러 왔다가 우연히 만난 것처럼 말하고 차로 집에 데려다주겠다고 함.

   ※강명훈을 차에 태울 때는 목격자가 없게 조심.

6. 강명훈이 차에 타면 수면제가 든 음료수를 먹임.

   ※강명훈을 늦게 죽일수록 알리바이가 명확해지니 변수가 생기지 않게 주의.

7. 차를 청주 방향으로 몰아감.

8. 강명훈이 잠들면 차를 외진 곳에 주차. 일회용 비닐장갑을 끼고, 강명훈의 휴대폰을 켜서 문자메시지를 살펴 문장 스타일을 확인. 기존에 보내던 문자 특징대로 강명훈의 아내에게 문자 보냄. '청주 사는 군대 동기와 술 한잔하고 들어가요.' 문자 전송 후 휴대폰은 꺼서 강명훈의 주머니에 넣음. 강명훈이 정신을 잃었는지 확인한 뒤 트렁크로 옮김. 차를 돌려서 서산 장례식장으로 향함.

9. 대전 당진 간 고속도로에서 과속해 단속 카메라에 찍힘.

  ※과태료 통지서 사진에는 조수석이 가려져 있을 테지만 형사들은 원본 사진으로 차 안을 확인할 확률 높음.

10. 장례식장에 도착하면 장례식장 안에서 자동차가 보이는 위치에 주차하고 조문. 접객실에서 30분간 머묾.

  ※조문 온 친구들 앞에서 인상 깊은 행동이나 이야기를 하여 사람들이 나를 잘 기억하게 해야 함. 장례식장을 나올 때는 언제 자리를 떴는지 모르게 조용히 빠져나올 것.

11. 국도를 타고 대전 방향으로 가다가 양청군으로 빠져서 장곡사로 향함.

  ※지도를 외워둘 것.

12. 강명훈을 죽여서 문화재 주변에 묻음.

  ※오래된 문화재 주변이라도 보수하거나 수해가 일어나 시체가 발견될 가능성이 있는 곳은 피해야 함.

13. 신속히 집으로 돌아와 집에 놔뒀던 휴대폰으로 친구들과 통화하여 알리바이를 만듦.

  ※시체를 처리하는 데 걸릴 한 시간은 서산에서 국도를 이용해 대전으로 돌아오다가 중간에 타이어가 펑크 나서 예

비 타이어로 교체하느라 걸린 시간으로 꾸밈. 통화할 때 친구들에게도 그런 일이 있었다고 말해둘 것.

14. 월요일, 자동차 공업사에 들러 펑크 난 스페어 타이어를 수리할 것.
　※ 타이어 수리 기록이 남도록 카드로 결제.

15. 로토 복권 당첨금은 강명훈의 실종 사건이 조용해진 뒤에 은밀히 찾아야 함.
　※ 내가 로토에 당첨된 사실은 아무도 모르게 영원히 비밀로 할 것.

*

"그동안 잘 지냈지?"
조문을 마치고 접객실로 간 나는 행동 지침대로 친구들과 일일이 악수했다. 그리고 주차장이 잘 보이는 창가 자리로 가서 친구들 사이에 끼어 앉았다.
"용석아, 식당은 잘되냐?"
"순대집 그만둔 지 오래됐어. 지금은 다른 사업을 좀 크게 해보려고 구상 중이야. 돈이 돈을 번다고, 장사도 크게 해야 돈을 벌지."

나는 지갑이 든 바지 뒷주머니를 슬며시 만지며 대답했다.

"아, 맞다! 작년 여름이던가, 네 소식 들은 기억이 난다. 직원 밀린 월급이랑 퇴직금을 동전으로 줬다가 꽤 시끄러웠다며? 왜 그랬냐?"

아무리 마음의 여유가 없어도 나는 그 일만큼은 친구들에게 변명하고 싶었다.

"아, 그거! 내가 오죽했으면 그랬겠냐? 주방에서 잡일하던 50대 아줌마가 몸이 아프다고 꾀병 부리면서 자꾸 결근하는 거야. 몸이 아프기는 뭐가 아파. 새벽까지 술 처먹고 술병 나서 그런 거지. 종업원이 갑자기 결근하면 장사하는 데 얼마나 타격이 큰 줄 아냐? 아 참, 너도 장사하지. 참다 참다 짜증 나서 듣기 싫은 잔소리 좀 퍼붓고 잘라버렸는데, 다음 날 독사눈을 뜨고 와서 그동안 떼어먹은 추가 수당을 달라는 거야. 그동안 하루 여덟 시간만 일한 게 아니라 아홉 시간, 열 시간, 심지어 열두 시간도 일했다면서. 떼먹다니? 그게 할 소리냐? 그리고 어쩌다 장사가 바쁘면 종업원이 한두 시간 더 일할 수도 있는 거지, 시간 재서 그걸 꼬박꼬박 다 챙겨주는 자영업자가 어딨냐? 어이없어서 그동안 언제 더 일했는지 증명해보라며 월급이랑 퇴직금 지급을 좀 미뤘더니 노동청으로 쪼르르 달려가 신고했더라고. 그 아줌마에게 삼류 대학에 다니는 아들놈이 하나 있는데 다 그놈이 시킨 것 같아. 그 일로 노동청에 불려 다니느라 장사 못 해, 벌금 물어, 가게 이미지 나빠져……. 억울해서 며칠 잠도 안 오더라. 혈압이랑 당뇨 수치가 치솟아서 응급실 실려갈 뻔했다."

그때, 창문 밖을 수시로 살피는 내 눈에 40대 남자 한 명이 내 차로 다가가 기웃거리는 게 보였다. 가슴이 철렁했다. 혹시 트렁크에서 무슨 소리를 들은 게 아닌가 싶었다.

자리에서 일어서려는데 다행히 남자는 옆쪽의 다른 구형 그랜저로 다가가 차 문을 열고 올라탔다. 차를 착각한 모양이었다.

"화가 나서 월급을 모두 동전으로 준 거구나?"

"그래! 너무 화가 나서, 은행 몇 군데 돌아다니며 10원짜리와 50원짜리, 100원짜리 동전을 모아다가 생선 썩은 물 묻혀서 식당 앞에 수북이 쏟아놓고 그 아줌마에게 연락해 월급이랑 퇴직금만큼 세어서 가져가라고 통보했지."

"월급이랑 퇴직금을 동전으로 주면 무거워서 들고 가기도 어려울 텐데?"

"맞아! 나라고 그런 일이 좋겠냐? 은행 이곳저곳 돌아다니며 동전 모으는 일이 그리 쉬운 일이 아니라고. 내가 얼마나 기분이 상했으면 그랬겠어! 다 10원짜리로 주려고 했는데 은행에서 10원짜리 동전이 부족하대서 50원짜리랑 100원짜리를 섞어준 거야. 동전 무더기에 40원을 더 넣어놓고 월급과 퇴직금만큼 세어서 가져가라고 했지. 10원이라도 더 가져가면 절도로 경찰에 신고하겠다고 큰소리치면서 말이야."

"왜 40원을 섞었는데?"

"그때 내 주머니에 10원짜리가 딱 네 개 있더라고. 그리고 그 아줌마가 자기가 가져갈 돈을 다 세고 보니 돈이 수북이 남아 있는 것보다는 꼴랑 몇십 원 남아 있어야 더 모멸감을 느끼지 않겠냐? 길거리에 던져놔도 개도 안 물어갈 그깟 40원 때문에 내가 온종일 동전을 두 번씩 세느라 고생했다는 걸 알아야 기분이 더 상하지 않겠어?"

"그래서? 돈은 정확히 세서 가져갔어?"

"응. 돈을 다 가져가고 나서 남은 돈이 얼마인가 보니 정말 땅바닥에 딱 40원 남아 있더라고. 만약 40원에서 10원이라도 부족했으면 트집 잡으려고 했는데 딱 40원을 남겨놓고 가져갔더라. 하핫! 가게 앞 땡볕에서 온종일 생선 썩은 내 나는 동전을 세고 있는 그 모습을 보니 얼마나 통쾌하던지. 그 아줌마하고 덜떨어진 대학생 아들놈은 온종일 동전을 세고 나서도 동전을 쇼핑 카트에 싣고 몇 번이나 은행을 왔다 갔다 하더라고. 그 돈 가지고 은행에 가서도 다시 세느라 꽤 고생했을 거야."

"까불다가 된통 당했네. 그걸로 끝났어?"

"아니. 그 뒤에 그 대학생 아들놈이 월급을 썩은 내 나는 동전으로 받았다며 노동청에 또 신고했더라고. 나는 다시 노동청에 불려 다니고 벌금 무는 거 아닌가 싶어 살짝 걱정했는데……."

"그래서? 벌금 물었어?"

"아니! 똥 묻은 돈으로 월급을 줬든, 1원짜리로 줬든 밀린 월급만 지급했으면 끝난 일이라는 거야. 노동청에서는 이제 자기들 소관이 아니라고 하더라고. 그러니까 이번에는 그 아들놈이 악덕 사장 어쩌고저쩌고 쓴 피켓을 들고 와서 우리 가게 앞에서 1인 시위를 하더라. 그러거나 말거나 그냥 뒀는데, 그걸 본 인근 대학생들까지 몰려와 시위하는 바람에 더러워서 식당 때려치웠어. 이제 쉴 만큼 쉬었으니 곧 다른 사업을 시작할 거야. 좀 더 크게."

나는 지갑이 든 바지 뒷주머니를 계속 손으로 만졌다.

"그런데 그 싸가지 없는 여자와 아들놈은 지금도 자기들이 뭘 잘못했는지 모를 거야. 더 따끔한 본때를 보여줬어야 하는 건데."

"아! 그렇게 된 일이었구나. 야, 잘했다! 나는 소문만 듣고 네가 정말 악덕 사장인 줄 알았는데 종업원이 잘못한 거네. 나도 어렵게 알바 뽑아놨더니 며칠 나오다가 무단결근하고 그만두는 놈들 때문에 골치 아파 죽겠다. 그러면 영업에도 차질이 생기고 내 스케줄까지 엉망이 된다니까. 알바 처음 오면 같이 붙어 서서 교육하랴 서류 작성하랴 정신없는데, 며칠 일하고 그만두면 오히려 내가 손해인데도 단 하루라도 일당 안 챙겨주면 곧바로 노동청에 신고당해 벌금 물게 된다니까. 공부 가르친 선생이 학생에게 수업료 주는 셈이잖아. 나도 앞으로 그런 놈들에게는 일당을 다 동전으로 줘야겠다."

편의점을 하는 친구가 나에게 엄지를 들어 보이며 장단을 맞췄다.

"왜 술 안 마시냐? 음료수라도 마셔라."

맞은편의 친구가 음료수 캔을 집어 나에게 건넸다.

"됐어. 당뇨가 심해서……."

"너도 당뇨 있냐? 얼만데? 난 140이다."

"그 정도면 약 먹고 관리만 잘하면 돼. 난 얼마 전부터 인슐린 주사 맞고 있어."

"심각한 모양이구나. 친구들하고 방 잡아 자기로 했는데, 자고 갈 거냐, 그냥 갈 거냐?"

"난 일이 있어서 이따가 일어나야 해."

"잘됐다! 그럼, 태원이 좀 태우고 가라. 내일 아침에 중요한 일 있다는 놈이 낮부터 술 처먹고 저러고 있다."

옆을 돌아보니 만취한 김태원이 자리에서 일어서서 몸을 비틀거리며 술잔을 높이 쳐들고 있었다.

"친구들아! 대발이 어머니는 벽에 똥칠할 때까지 사셨으니 호상이다, 호상! 자! 다 같이 건배 한번 하자! 대발이 어머니를 위해 건배!"

저런 술주정뱅이를 집에 데려다주라고? 안 될 말이었다.

"난 어디 들렀다가 가야 하는데……."

"그래, 그럼 어쩔 수 없지. 아이고, 저 술주정뱅이! 사고 치기 전에 술 더 먹여서 푹 재우든지 해야지, 원."

친구의 그 말을 듣는 순간 좋은 아이디어가 떠올랐다.

"아, 그래! 태원이는 내가 집에 태워다줄게."

나는 술에 취한 친구를 차에 태우는 게 알리바이를 공고히 할 수 있는 절호의 기회라는 생각이 들었다. 변수가 생겨 수사 대상이 되더라도 형사들은 내가 친구를 조수석에 태운 채 살인을 저지르고 시체를 유기했으리라고는 결코 생각하지 못할 것이다. 타이어가 펑크 났다는 핑계보다 이게 더 확실한 알리바이였다.

나는 내 승용차 안에 아무도 없다는 걸 보여주기 위해 친구들에게 술에 취한 김태원을 부축해달라고 부탁했다. 친구들이 가지 않겠다는 김태원을 끌어다가 내 차 조수석에 태웠다.

내가 장례식장에 있는 사이 날이 꽤 어두워져 있었다. 11월이어서 해가 짧다. 나는 친구들의 배웅을 받으며 차를 천천히 출발시켰다.

"이쪽은 대전 가는 길이 아니지 않냐?"

김태원은 만취했어도 판단 능력은 남아 있는 것 같았다.

"차가 막힐 것 같아서 돌아가려고. 잠깐만."

나는 길가에 차를 세우고 잠바 주머니에서 수면제 두 알을 꺼내 포장지를 깠다. 음료수에 타서 강명훈에게 먹이고 남은 수면제였다.

"가다가 오바이트하지 말고 이거 먹어라. KGB가 만들었다는 그 술 깨는 약이야."

태원은 하얀 알약 두 개를 받아 들고 잠깐 살피다가 입에 넣고 내가 건네준 박카스를 마셨다. 그는 빠르게 달리는 차 안에서 10분쯤 혼자 떠들다가 고개를 축 늘어트렸다.

길가에 다시 차를 세운 나는 태원의 주머니를 뒤졌다. 휴대폰을 꺼서 동선을 숨겨야 했다. 그런데 휴대폰이 없었다. 술에 취해 어딘가에 흘렸거나 장례식장 식탁 위에 두고 온 것 같았다. 휴대폰이 이유 없이 오랫동안 꺼져 있으면 나중에 형사들이 의심할 수도 있는데, 오히려 잘된 일이었다.

나는 강명훈을 죽여서 시체를 처리하는 데 걸린 시간에 대한 알리바이로, 만취한 김태원이 하도 난리를 피워 길가에 차를 대놓고 진정시킨 뒤 같이 한숨 잤다고 둘러댈 생각이었다. 술에 만취한 김태원을 차에 태운 친구들 그리고 김태원이라는 확실한 증인이 확보되어 있었다.

표지판이 나왔다. 직진하면 양청군이고 좌회전하면 예산군이다. 대전으로 가려면 예산 방향으로 가야 하지만 나는 차를 양청 쪽으로 몰았다.

잠시 뒤 터널이 나왔다. 오가는 차가 한 대도 없는 어둡고 긴 터널이었다.

'여기에 이런 터널이 있었던가?'

나는 집을 나오기 전 실수하지 않으려고 지도를 보며 지리를 익혔는데 이런 터널을 본 기억이 없었다. 지도에 없는 긴 터널을 지나려니 등골이 오싹했다. 다른 세계로 빨려 들어가는 듯한 기분이 들었다. 다른 때도 긴 터널을 지날 때면 묘한 느낌이 들긴 했지만 이 정도는 아니었다. 곧 죽여야 할 친구를 트렁크에 싣고 있어서 그런 것 같기도 했다.

나는 오싹한 느낌이 싫어서 침묵을 깨려고 라디오 버튼을 눌렀다. 터널 안이라서 그런지 방송이 잡히지 않았다. 자동 검색 버

튼을 눌렀다. 잠시 뒤 칙칙거리는 잡음과 함께 충청도 사투리가
섞인 남자 목소리가 흘러나왔다.

　근래 우리 지역에서, 이상행동을 보이는 들개에게 물리는 사고가,
잇따르고 있습니다. 어젯밤 양청군 대치면에서, 들개 떼의 공격으로,
친구 사이인 대전의 강모 씨와 최모 씨가 사망하는, 사건이 발생했습니
다. 사건 현장 인근에서, 들개 사체도 여러 구 발견되었습니다. 경찰은
최모 씨와 강모 씨가, 들개 떼의 공격을 받고, 격렬하게 저항하다가, 들
개 떼에 물려 사망한 것으로 추정하고 있습니다. 경찰은 유해조수 포획
단을 꾸려 들개 떼 포획에 나서는 한편, 들개 사체를 부검해 광견병 등,
질병 감염 여부를 조사하기로…… 치지지직…….

　'무슨 라디오 방송이 이래? 사설 방송인가?'
　말투가 시골 동네 스피커에서 흘러나오는 안내 방송 같았다.

　이번에는, 훈훈한 소식입니다. 지난주 일요일에 추첨한, 제50회 로
토 복권 1등 당첨자가, 우리 지역에서 나왔습니다. 1등 상금 52억 원에
당첨된 사람은, 올봄에 유일한 혈육인 어머니를 잃고, 학비가 부족해
휴학한 뒤, 고향에서 야간 산림 감시원 아르바이트를 하던 휴학생이랍
니다. 이 학생은 신이 도우신 것 같다며, 우리 양청군에 불우이웃돕기
성금으로 10억 원을 기부했습니…… 치지지직…….

사설 방송이 확실했다.

이번 로토 복권 1등 당첨자 네 명 중 한 명이 이 지역에서 나온 모양이었다.

그런데 뭔가 이상했다.

'50회면 어제 추첨한 로토인데 일요일인 오늘 은행에 가서 복권을 찾아 군청에 기부까지 했다고? 49회를 50회라고 잘못 말한 게 아닐까? 아닌데? 당첨금이 52억 원이면 50회가 맞는데?'

방송을 더 듣고 싶었으나 자동차가 터널을 빠져나가자 방송이 잡히지 않았다. 채널을 다시 검색하니 중국어로 나오는 방송만 잡혔다. 서해안과 가까운 지역이어서 그런 것 같았다.

라디오를 껐다.

'대치면'이라고 쓰인 작은 표지판이 휙 지나갔다. 양청군 대치면이었다.

살해된 시체가 발견되면 형사들은 그 지역이 용의자 중 누구의 연고지인지부터 조사한다. 그것이 내가 강명훈의 시체를 유기할 장소로 양청군을 택한 이유였다. 양청군은 나의 연고지가 아니기에 형사들이 시체와 나를 연관 지을 연결 고리가 없었다.

대전에서 그리 멀지 않음에도 내가 양청군에 와본 것은 평생 딱 한 번뿐이었다.

13년 전 나는 군대를 제대하고 얼마 지나지 않아 금산의 군대 동기 집에 놀러 갔다가 사고로 어미를 잃은 귀여운 강아지 한 마리를 얻어온 적이 있었다. 태어난 지 한 달 정도밖에 안 된 검은색 잡종 강아지였다.

나는 강아지의 이름을 미국의 유쾌한 흑인 영화배우 '에디 머피'에서 따와 '머피'라고 짓고 분유와 사료를 먹여 키우기 시작했다. 그런데 두 달쯤 지나자 강아지의 덩치가 진돗개만 해졌다. 군대 동기는 그 강아지가 잡종 바둑이와 토종개의 혼혈일 거라 했는데 예상과 달리 혼혈 도사견이었다.

좁은 연립주택에서 대형견을 키우는 건 낭만보다 고통이 컸다. 머피를 집에 혼자 놔두면 늑대 울음소리를 내서 시끄럽다는 항의가 들어오기 일쑤였고, 산책할 때도 사람들이 큰 개를 무서워해 인적이 드문 시간을 택해 외출해야 했다. 털과 냄새와도 싸워야 했고 사료값도 무시 못 할 정도였다.

그럼에도 가족처럼 키웠는데, 머피가 막 세 살이 되었을 무렵 불행한 사고가 일어났다. 나와 뒷산을 산책하다가 발정 난 떠돌이 암캐를 본 머피가 목줄을 찬 채 그대로 달아나서 암캐를 뒤쫓아갔는데, 두 시간쯤 뒤 다시 돌아왔을 때 왼쪽 뒷발을 심하게 절뚝였다.

다음 날은 증상이 더 심해져서 걷지조차 못했다.

이틀이 지나도 증상이 호전되지 않아 동물 병원에 데려갔다. 수의사는 머피가 다른 개와 싸우다가 물린 것 같다며, 다리의 근육과 혈관, 인대가 손상되어 괴사가 진행되고 있다고 했다. 패혈증이 되기 전에 다리를 절단해야 했다. 비용은 진료비와 수술비, 입원비, 약값 등을 합쳐 100만 원이 넘었다.

당시 나는 전자제품 대리점에서 배달을 했는데 월급이 35만 원이었고, 통장에는 겨우 50만 원뿐이었다.

돈을 빌려서 수술을 한다 해도 키우는 것이 문제였다. 문제는 또 있었다. 나에게는 막 사귀기 시작한 사랑스러운 애인이 있었다. 그런데 그녀는 어렸을 때 사고를 당해 왼쪽 다리를 조금 절었고 그것이 큰 콤플렉스였다. 그녀가 집에 오게 되면 왼쪽 뒷다리가 없는 머피와 마주칠 텐데 기분이 좋을 리 없었다. 그 일로 연애까지 엉망이 될 수도 있었다.

다른 사람에게 입양을 보내자니 다리 하나가 없는 대형견을 데려갈 사람이 나타날 것 같지도 않았다.

'어떻게 하지?'

이런저런 생각 끝에 내린 결론은, 다리를 수술시켜 키울 수 없다면 고통 없이 안락사를 시키는 것이었다.

'그런데 안락사는 또 어떻게?'

치료하면 목숨을 살릴 수 있는데 수의사가 순순히 안락사시키려 할 것 같지도 않았고, 비용도 많이 들 것 같았다.

다시 내린 결론은 유기였다. 사람들의 왕래가 잦은 곳에 내다 버리면 동물 보호 단체나 돈 많은 누군가가 데려다가 수술시켜 잘 데리고 살지도 모른다.

머피는 몹시 영리했다. 가까운 곳에 버리면 다시 집으로 찾아올 위험이 있었다. 낯설고 먼 곳으로 데려가 버려야 했다.

아파서 끙끙 앓는 머피를 한밤중에 영업용 트럭에 태우고 대천 해수욕장으로 향했다. 하지만 대천 해수욕장까지 가지는 않았다. 대천까지 갔다 오기에는 기름이 부족했다. 머피를 꼭 대천 해수욕장에 버려야 하는 것도 아닌데 영업용 트럭에 사비로 기름을 넣기에는 돈이 아까웠다. 한적한 어느 산속 도롯가에 머피를 내려놓고 사료 한 줌을 놔둔 뒤 그대로 차를 돌려서 대전으로 돌아왔다. 백미러에 비친, 아픈 다리를 절룩이며 트럭을 악착같이 뒤따라오던 모습이 내가 본 머피의 마지막 모습이었다.

머피를 버리고 온 곳이 어디인지 그때도, 지금도 알지 못한다. 대전과 대천의 중간쯤이었으니 양청군 어디 산속이 아니었을까 싶다. 어쩌면 지금 차가 달리고 있는 이곳 근처였을 수도 있다.

나는 그 이후 10년 넘게 양청군에 발을 들여놓지 않았다.

구불구불한 빛바랜 아스팔트를 따라 차를 몰아가던 나는 '장곡사' 표지판을 보고 좌회전했다. 오고 가는 차가 없어 상향등을 켜고 구불구불한 고갯길을 레이서처럼 급히 핸들을 돌려대며 속도를 냈다. 서산 장례식장에서 출발한 시간이 있으니 움직이는 시간을 단축할수록 알리바이가 명확해진다.

목적지에 거의 다 온 것 같다는 생각에 시체를 처리할 적당한 곳을 찾기 위해 늦가을의 산세를 살피며 운전했다.

"어어어?"

내리막길 코너를 급히 도는데 뭔가 시커먼 것이 차 앞으로 뛰어들었다. 급히 브레이크를 밟았지만 늦었다.

퍽! 끼이익 ―

자동차가 뭔가를 치고 나서 긴 바큇자국을 그리며 밀려가다가 산모퉁이에 쿵 처박혔다. 다행히 에어백은 터지지 않았다.

숙였던 고개를 쳐드니 전조등 불빛에 개 예닐곱 마리가 산 위쪽으로 우르르 도망가는 게 보였다. 덩치가 큰 개도 있었고 작은 개도 있었다.

사고 충격이 컸는지 조수석의 김태원이 잠에서 깨 등받이에서 머리를 쳐들었다.

"무, 무슨 일이야?"

"야생동물이 갑자기 튀어나와서……. 별일 아니니 더 자."

김태원은 쳐들었던 머리를 다시 머리받이에 붙이고 게슴츠레 떴던 눈을 감았다. 곧장 코 고는 소리가 났다.

차에서 내리니 커다란 멧돼지 한 마리가 피를 흘리며 길가에 쓰러져 있었다. 송곳니가 긴 걸로 봐서 숫멧돼지 같았다. 그리고 도로 가운데에 생후 5개월쯤 된 검은색 잡종견 한 마리가 역시 피를 흘리며 쓰러져 있었다. 차에 치인 건 개였다. 멧돼지는 배 부분에 개들에게 뜯어먹힌 흔적이 있었다.

차에 치인 개는 토종견과 셰퍼드의 잡종 같았다. 개는 피부병이라도 걸렸는지 털이 듬성듬성 빠지고 흉측했는데, 살아 있었다. 발을 바동거리며 숨을 훅훅 몰아쉬고 있었다.

차는 오른쪽 앞부분이 산모퉁이 황토에 박힌 채였다.

나는 차에 올라타 조심스럽게 후진해 도로로 나왔다.

다시 차에서 내려 부딪힌 곳을 살펴보았다. 앞 범퍼 오른쪽 부분이 깨졌고 그 위 전조등이 깨져 불이 들어오지 않았다.

"제길!"

자동차 수리비가 문제가 아니었다. 알리바이가 문제였다.

왈왈! 왈왈왈!

숨이 붙어 있는 개에게 다가가자 쓰러져 있던 개가 일어나려고 다리를 버둥거리며 크게 짖었다. 어미나 동료들에게 도움을 요청하는 울음소리 같았다.

개를 향해 손을 내밀자 개가 으르렁대며 날카로운 이를 드러냈다. 하는 행동을 보니 사람이 키우던 개가 아니었다. 야생에서 태어나 자란 들개였다.

예전에 키웠던 잡종견 머피를 닮았다는 생각이 들어 나도 모르게 개의 목덜미를 쓰다듬으려고 손을 내밀었다. 그 순간 들개가 내 손을 꽉 물었다. 재빨리 피했지만 날카로운 이빨이 손가락에 상처를 냈다.

손을 들개에게 물린 나는 화가 치밀었다.

이 잡종견은 연민을 가질 대상이 아니었다. 계획에 없던 변수이자 복병이었다. 이 개새끼 한 마리 때문에 내 인생이 처참하게 뒤바뀔 수도 있었다.

"재수 없는 똥개 새끼!"

나는 쓰러져서 바동거리는 들개의 옆구리를 구둣발로 세차게 걷어찼다.

깨갱! 깨개갱!

발에 걷어차인 들개가 몸을 부르르 떨어가며 뒷다리를 질질 끌고 무리가 사라진 방향으로 기어갔다. 나는 들개가 도망가게 그대로 둘 수 없었다. 알리바이를 만들려면 이 들개가 필요했다. 서산에서 대전으로 간 사람이 왜 엉뚱하게 양청으로 가서 으슥한 산길에서 사고를 냈는지 설명하지 않으려면 사고 난 장소를 바꿔야 했다. 사고의 원인이자 증거인 이 떠돌이 들개를 서산과 대전 사이 도로로 옮겨놓고 보험회사에 연락해야 알리바이가 명확해진다.

물려고 드는 들개를 산 채로 차에 싣고 갈 수는 없었다. 죽여야 했다.

'어떻게 죽이지?'

바지 주머니에 강명훈을 죽일 때 쓰려고 가져온 잭나이프가 있었지만, 교통사고로 죽은 들개의 몸에 칼자국이 있어서는 안 되었다.

죽일 방법을 생각하기도 전에 들개가 산 위로 기어 올라가려 하자 나는 들개를 향해 달려가 다시 발로 걷어찼다. 퍽!

깨개갱!

들개가 도로 옆으로 나동그라졌다.

주위를 둘러보니 길가에 볼링핀 크기의 모난 돌이 보였다. 그 돌을 집어 들어 뒷다리를 질질 끌며 기어 도망가는 들개의 머리를 향해 내던졌다.

퍽!

깨개갱!

돌은 들개의 머리가 아닌 목에 떨어졌다. 마음이 약해 돌을 너무 멀리서 내던진 탓이었다.

다시 돌을 집어 들고 다가가 뒷다리를 끌며 기어 도망가는 들개의 몸통을 오른발로 꽉 밟으며 돌로 머리를 내리쪘었다. 픽! 머리뼈가 깨지는 듯한 소리가 나며 들개가 몸을 부르르 떨다가 움직임을 멈췄다. 나는 다시 돌을 집어서 한 번 더 들개의 머리를 내리쳤다. 픽! 들개의 정수리가 눈에 띌 정도로 함몰되었다.

트렁크 안에 있던 비닐 돗자리를 펼쳐서 트렁크에 피가 묻지 않도록 강명훈의 옆에 깔았다.

죽은 들개의 다리를 잡고 들어 올렸다. 아직 다 크지 않은 새끼인데도 꽤 무거웠다. 15킬로그램은 될 것 같았다.

트렁크에 죽은 들개를 싣고 비닐 돗자리로 감싸고 있는데, 산에서 뭔가가 후닥닥 뛰어 내려오는 소리가 들렸다. 소리 나는 쪽으로 급히 고개를 돌리니 길옆에 죽어 있는 수컷 멧돼지만큼이나 덩치가 큰 검은색 들개가 달려오고 있었다. 놀란 나는 트렁크 문도 닫지 못한 채 급히 운전석으로 몸을 피했다.

검은 들개가 산 위쪽에서 몇 미터를 점프하여 막 문을 닫은 운전석 유리창을 발과 가슴으로 들이받았다. 쿵 소리가 났으나 다행히 창문은 깨지지 않았다.

이리 저돌적으로 덤비는 걸 보니 죽은 개의 어미 같았다.

어미 들개는 진돗개, 셰퍼드, 도사견 등 여러 종의 피가 섞인

잡종으로 보였다. 코에 크게 다쳤다가 아문 흉터가 있었고 목에
는 끊어진 철사 올가미가 걸려 있었다.

　차 주변을 맴돌던 어미 들개는 트렁크로 다가가 죽은 새끼를
감싼 비닐 돗자리를 발로 긁었다.

　나는 급히 가속페달을 밟았다. 차가 굉음을 내며 앞으로 튀어
나갔다. 어미 들개가 차를 뒤쫓아왔다. 산 위쪽에서 우르르 몰려
온 다른 잡종견 대여섯 마리도 어미 들개를 뒤따라왔다. 어미 개
가 무리의 대장인 것 같았다.

　나는 구불구불한 산길을 벗어나지 않으려고 정신없이 핸들을
돌려대며 백미러와 룸미러로 차 뒤를 살폈다. 들개 떼는 악착같
이 뒤쫓아왔으나 점점 거리가 멀어지다가 곧 어둠 속으로 사라
졌다.

　차의 앞뒤만 살피던 나는 빨간불에 이끌려 계기판으로 시선
을 옮겼다. 냉각수 부족 경고등이 켜져 있었다. 엔진 온도도 비정
상적으로 높았다. 냉각수가 새는 것 같았다. 아까 사고가 났을 때
냉각수와 관련된 부품이 파손된 모양이었다. 이대로 계속 가면
엔진이 과열되어 망가지거나 불이 날 것이다. 차를 즉시 세워야
했다. 들개 떼의 공격보다 더 위험한 일은 시체를 실은 채로 차가
망가져 움직일 수 없게 되는 것이었다.

　하나뿐인 상향등 불빛이 비추는 곳에 경운기 길인 듯한 샛길
이 보였다. 산 위쪽으로 나 있었고 비포장도로였다. 나는 브레이
크를 밟으며 핸들을 급히 돌려 낙엽이 쌓인 비포장도로로 차를

몰았다.

비포장도로는 밤나무들 사이로 나 있었다. 비포장도로를 따라 경사가 완만한 산길을 100미터쯤 올라가자 도로가 끊기며 차를 돌릴 수 있을 만한 공터가 나왔다. 공터에 차를 세우고 급히 시동을 껐다.

계획이 틀어졌다. 이곳에서 트렁크 안의 강명훈을 죽이고 시체를 땅속 깊이 묻은 뒤, 인근 개울에서 물을 떠다가 냉각수 통을 채우고 달려서 이곳에서 최대한 멀리 벗어나야 했다. 차가 퍼지지 않고 운 좋게 서산 대전 간 고속도로까지 갈 수 있다면 적당한 지점에 차를 세운 뒤 트렁크에서 죽은 새끼 들개를 꺼내 길에 던져놓고 지나가는 차를 세워 휴대폰을 빌려서 보험회사에 연락해야 했다.

달이 구름 사이로 얼굴을 내밀었다. 나는 운전석과 조수석 창문을 조금 내리고 주변을 살폈다. 다행히 들개 떼의 모습은 보이지 않았다.

차 문을 열고 밖으로 나가 주변을 살폈다. 흐릿한 달빛 아래 산 중턱에 나무가 없는 공터가 보였다. 묘 같았다. 시체를 저곳으로 가져가 묘 옆에 묻으면 될 것 같았다. 남의 묘는 그 누구도 건드리지 못한다. 묘를 건드리는 것은 후손들이 묘를 이장할 때뿐인데 묘를 이장할 때도 봉분과 그 주변만 파지 묘 전체를 파지는 않는다.

트렁크를 열자 죽음의 냄새 같은 비릿한 피 냄새가 훅 풍겨 나왔다. 죽은 들개 뒤의 강명훈은 여전히 몸을 웅크린 채 옆으로 누워 있었다.

드디어 강명훈을 죽일 때가 왔다고 생각하니 심장이 쿵쿵 뛰었다.

이 사건의 발단은 4일 전으로 거슬러 올라간다.

4일 전, 술자리에서 강명훈은 친구들에게 낮잠을 자다가 꾼 꿈 이야기를 했다. 꿈에서 노스트라다무스가 로토 복권 번호를 알려줬다는 거였다.

꿈 이야기를 듣고 난 내가 우리 집 근처에 로토 복권을 파는 복권방이 생겼다고 하자 강명훈은 외우고 있던 로토 번호를 메모지에 적어 만 원짜리와 함께 내게 건넸다. 자기네 집과 회사 근처에는 복권 파는 곳이 없으니 내가 로토 복권을 사서 가지고 있다가 다음에 만날 때 달라는 거였다. 하지만 그 뒤로 나는 강명훈을 만날 일이 없어 복권을 건네지 못했다.

그런데 토요일인 어젯밤 로토 복권 추첨에서 내가 강명훈의 심부름으로 산 복권 중 한 장이 1등에 당첨되었다. 덜덜 떨리는 손으로 인터넷을 검색해보니 당첨금은 52억 2,706만 1,400원이었고, 예상 실수령액은 35억 3,513만 1,468원이었다. 서울의 새 아파트를 열 채 이상 살 수 있는 돈이었다.

처음에는 로토 복권 당첨 사실을 강명훈에게 알리고 당첨금의 반을 요구해볼까 하는 생각을 했었다. 하지만 짠돌이 중의 짠돌이 강명훈이 당첨금의 반을 선뜻 내줄 리 만무했다. 천만 원이나 받아내면 다행이었다. 갖은 생각이 머릿속을 복잡하게 했다.

'어떻게 하면 이 복권을 내 복권으로 만들 수 있을까?'

그래! 강명훈만 사라지면 되는 문제였다. 강명훈만 사라지면 그 누구도 내가 당첨된 로토 1등 번호가 강명훈의 로토 번호라는 걸 알 리 없었다. 강명훈이 어딘가에 적어놓은 로토 복권 번호가 가족들이나 형사들에게 발견된다고 해도 당사자가 사망하거나 실종되면 내가 그의 로토 복권을 탈취했다고 주장하거나 증명할 수 있는 사람은 없었다. 아니, 내가 로토 복권에 당첨된 사실을 숨기면 다른 사람들은 내가 복권에 당첨된 사실조차 알기 어려울 것이다.

로토 복권 1등에 당첨되고 나서 초조한 한 시간이 지나고, 두 시간이 지나도 강명훈은 나에게 전화하지 않았다. 무슨 바쁜 일이라도 있어 로토 복권 추첨 방송을 보지 않은 게 확실했다. 그렇다면 녀석을 죽일 시간은 충분했다. 일요일에는 신문이 발행되지 않으니 강명훈은 월요일 자 신문을 보고서야 자신의 로토 복권이 1등에 당첨된 사실을 알게 될 것이다. 월요일이 되기 전에 강명훈이 이 세상에서 사라지기만 하면 나는 서울에 새 아파트 열 채를 살 수 있는 돈을 손에 쥘 수 있었다.

정신을 잃은 강명훈을 자동차 트렁크에서 끌어내 어깨에 둘러 멨다. 엄청 무거웠다. 덩치가 나와 비슷하니 몸무게가 80킬로그램쯤 되지 않을까 싶었다.

나는 트렁크에서 꺼낸 삽을 지팡이 삼아 짚어가며 경사가 완만한 산 위쪽으로 걸어갔다. 무거운 발걸음을 100걸음쯤 옮기자 오솔길이 급경사로 변했다. 허리를 숙여 기다시피 하며 산 위쪽으로 올라갔다. 등뼈를 짓누르는 무게를 버티며 경사가 심한 산비탈을 오르는 것도 힘겨운데, 낙엽 때문에 발이 자꾸 미끄러졌다. 장례식장에 들르느라 구두를 신고 온 게 실수였다.

"하아! 하아!"

심장이 터질 것 같고 숨이 너무 가빴다. 산 중턱의 묘까지 시체를 옮기는 것은 불가능하다는 생각이 들었다. 근처 어딘가에 강명훈을 묻을 수밖에 없었다.

나는 오솔길에서 옆으로 벗어났다.

"으헉!"

두껍게 쌓인 낙엽에 발이 미끄러지며 몸이 균형을 잃었다. 내 어깨에서 벗어난 강명훈이 비탈길 아래로 굴러떨어졌다. 나는 낙엽이 쌓인 비탈길을 엉덩이로 미끄럼을 타며 굴러가는 강명훈을 급히 뒤쫓았다. 강명훈은 10미터쯤 굴러가다가 나무에 허리가 걸려 멈췄다.

"으윽……."

어둠 속에서 강명훈이 신음했다. 몸에 가해진 충격에 정신을 차린 것 같았다. 다급한 상황이었다.

나는 삽을 쳐들고 강명훈에게 달려들었다.

"뭐, 뭐여?"

상체를 일으키려는 강명훈의 머리를 향해 있는 힘껏 삽을 휘둘렀다.

픽!

제대로 맞았다. 어린 시절 야구할 때 홈런을 치던 순간처럼 삽에서 묵직한 충격이 전해졌다.

몸을 일으키던 강명훈이 옆으로 풀썩 쓰러지며 낙엽이 두껍게 쌓인 산비탈을 다시 데굴데굴 굴러갔다. 나는 이번에는 강명훈을 천천히 뒤쫓아갔다.

강명훈은 경사가 완만한 산기슭에 널브러져 있었다.

나는 삽을 치켜든 채, 손가락 하나 까딱하지 않는 강명훈을 살폈다. 강명훈은 신음조차 없었다. 죽은 것 같았다. 강명훈의 죽음을 확인하기 위해 목의 경동맥에 손가락을 대려는데 머리에서 심한 현기증이 일었다. 몸이 휘청했다.

'저혈당증인가?'

나는 숨을 몰아쉬며 잠바 옆 주머니에 손을 넣었다. 손에 비상용 사탕 두 개가 잡혔다. 하지만 먹어야 할지 말아야 할지 판단이 서지 않았다. 저혈당 증상은 식은땀, 손 떨림, 두근거림, 불안감, 시력 저하, 어지러움, 두통 등인데 친구를 살해하는 이런 상황이면 당뇨병 환자가 아니더라도 누구나 식은땀이 나고 머리가 어지럽고 심장이 울렁거릴 수밖에 없을 것이다. 게다가 어제저녁 로토 복권 추첨 방송을 본 이후 지금까지 잠도 자지 못했다.

나는 긴장과 피곤함 때문에 나타나는 증상인지 저혈당증인지 조금 더 지켜보기로 했다. 저혈당증이 아닌데 사탕을 먹으면 당이 갑자기 올라가서 그 또한 건강과 컨디션 유지에 좋지 않았다.

"에이 씨!"

강명훈의 머리를 삽날이 아닌 삽등으로 때렸는데, 머리 어딘가의 혈관이 터졌는지 머리와 얼굴에 피가 흥건했다. 나는 피 때문에 다시 시체를 어깨에 멜 수 없었다. 내 옷에 피가 묻으면 사람들의 눈에 띌 것이다.

시체를 멀리 옮길 힘도 없었지만, 시간적 여유도 없었다. 그대로 묻을 수밖에 없었다.

나는 삽을 땅에 꽂아놓고 시체의 두 발목을 잡아 풀이 무성한 곳으로 끌었다. 하지만 시체는 반대쪽에서 귀신이 잡아당기기라도 하는 것처럼 도무지 끌려오지 않았다.

시체의 발을 잡고 줄다리기하듯 용쓰는데 시체의 왼쪽 구두가 훌렁 벗겨졌다. 나는 구두 한쪽을 잡은 채 뒤로 벌렁 넘어졌다.

"아악!"

꼬리뼈에서 극심한 통증이 밀려왔다. 손을 엉덩이 밑으로 넣어 낙엽 밑의 땅바닥을 더듬어보았다. 뾰쪽한 돌이 튀어나와 있었다.

꼬리뼈에 금이라도 갔는지 통증은 좀처럼 가시지 않았다. 하지만 고통이 사라지길 기다릴 시간이 없었다.

몸을 일으키니 다시 심한 현기증이 일었다.

'시체를 토막 내서 옮길까?'

하지만 나는 친구의 시체를 칼로 자르는 그 끔찍한 일만큼은 피하고 싶었다. 시체를 이대로 묻고 내일이나 모레 낮에 다시 와서 지형을 살펴보고 시체를 묻은 장소가 좋지 않으면 옮겨 묻을 수밖에 없었다.

삽으로 땅을 파기 시작했다. 처음에는 흙이 부드러워 삽이 잘 파고들었으나 얼마 지나지 않아 예상치 못한 문제가 생겼다. 이곳은 겉만 부드러운 흙이고 밑은 바위 지대였다. 구덩이 깊이는 40센티미터가 한계였다. 옆쪽으로 몇 미터 이동해 몇 번 삽질을 해봤지만 마찬가지였다.

어쩔 수 없었다. 시체 위에 흙을 볼록하게 덮고 낙엽을 덮어놓으면 시체가 한동안은 사람들의 눈에 띄지 않을 것이다. 내일이나 모레 다시 와서 옮겨 묻으면 된다. 문제는 사람이 아니라 동물이었다. 시체를 얇게 묻으면 밤사이 후각이 좋은 멧돼지 같은 동물들이 시체 냄새를 맡고 땅을 파헤칠 수 있었다. 하지만 당장은 그런 걱정거리를 해결할 방법이 없었다.

나는 깊이 40센티미터의 긴 구덩이를 마저 판 뒤 죽은 강명훈의 얼굴을 보고 싶지 않아 엎어져 있는 시체를 그대로 끌어서 구덩이 안에 엎어놓았다. 파내놓은 흙을 삽으로 퍼서 강명훈의 몸 위에 덮고 흙을 발로 밟아 다졌다. 시체를 덮은 흙이 너무 얇아서 흙을 밟을 때마다 물컹물컹, 사람을 밟는 느낌이 그대로 발에 전해졌다.

"으으……."

무슨 소리가 들려왔다. 나는 흙을 밟던 동작을 멈추고 귀에 신경을 곤두세웠다.

"으으……."

잘못 들은 게 아니었다. 내 발밑의 땅속에서 뭔가가 꿈틀거렸다. 나는 놀라서 반사적으로 구덩이 옆으로 물러섰다.

"으으으……."

강명훈은 목숨이 완전히 끊어지지 않고 살아 있었다. 강명훈이 몸을 움직이자 흙이 갈라지며 부풀어 올랐다.

다급해진 나는 삽날을 세워서 꿈틀대는 흙을 향해 휘둘렀다. 퍽! 머리 부분을 힘껏 가격했지만, 삽날이 땅속으로 파고들지는 못했다. 흙이 여전히 꿈틀댔다. 다시 삽을 쳐들어 삽 등으로 머리 부분을 힘껏 내려쳤다. 퍽! 움직임이 멈췄다. 하지만 흙이 충격을 흡수해 결정타가 되지는 못했을 것 같았다.

나는 강명훈의 머리 쪽으로 가서 목이 어디쯤일지 가늠하여 땅에 삽 끝을 대고 오른발에 체중을 실어 삽 머리를 힘껏 밟았다. 푹! 예상과 달리 삽날이 너무 쉽게 땅속으로 파고들었다. 하지만 삽날에 살과 뼈가 잘리는 느낌은 전혀 없었다.

다시 삽날을 옆으로 조금 옮겨 삽 대가리를 힘껏 밟았다. 푹! 그런데 이번에는 흙 속으로 파고들던 삽날이 뭔가 단단한 것에 부딪히며 멈췄다. 돌은 아니고 머리뼈 같았다.

"제길!"

삽날의 위치를 다시 조정하는데 산 위에서 뭔가가 후다닥 뛰어 내려오는 소리가 들렸다. 나는 보지 않고도 들개 떼라는 걸 직감했다.

흙에 대고 있던 삽을 재빨리 들어 방어 자세를 취하며 몸을 뒤로 돌렸다. 바로 그 순간 땅이 공중으로 솟구치며 땅속에서 강명훈이 확 튀어나왔다. 토우 같은 모습의 강명훈이 곧장 나에게 달려들었다. 나는 앞으로 몸을 숙여 끌어안으려는 강명훈의 공격을 피하며 녀석의 머리를 향해 삽을 휘둘렀다. 퍽!

"윽!"

강명훈이 몸을 웅크리는 바람에 삽날이 빗나갔다. 삽날이 어깨를 찍었을 뿐이었다.

두두두두……!

다시 삽을 휘두를 시간이 없었다. 이제 들개 떼가 코앞까지 와 있었다.

나는 삽을 쳐든 채 산 아래 자동차를 향해 내달렸다.

등 뒤에서 으르렁거리는 소리와 "으악!" 소리가 동시에 났다. 뒤를 돌아보니 들개 떼가 쓰러진 강명훈을 둘러싸고 공격하고 있었다. 덩치 큰 어미 개가 강명훈의 목덜미를 물고 머리를 이리저리 흔들어댔다.

강명훈이 내게 도망갈 시간을 벌어주고 있었다. 일단 차로 몸을 피했다가 들개 떼가 사라지면 돌아와 강명훈의 죽음을 확인해야 했다. 들개 떼가 강명훈의 숨통을 끊어놓는다면 내 손에 피를 묻히지 않아도 되니 전화위복이었다.

"앗!"

발이 돌부리에 걸려 넘어졌다. 손바닥과 무릎에서 통증이 일었다. 하지만 아픔을 느낄 새도 없었다. 어둠 속에서 다시 으르렁거리는 소리와 들개 발소리가 들려왔다.

들개가 달리는 속도는 인간보다 몇 배는 빠르다. 나는 차에 도착하기 전에 들개 떼에 따라잡힐지도 모른다는 생각에 달리는 방향을 산등성이 쪽으로 바꿨다. 급경사를 정신없이 기어 올라갔다.

들개 떼 역시 방향을 바꿔 나를 따라왔다. 예상대로 나는 금방들개 떼에 따라잡혔다. 하지만 방어는 급경사의 위쪽에 있는 내가 훨씬 유리했다. 나는 삽날로 아래에서 위로 달려드는 어미 들개의 머리를 내려쳤다.

깨갱!

일격을 받은 어미 들개가 몸을 옆으로 돌렸다. 놓칠 수 없는 기회였다. 나는 아래로 미끄러지듯 주저앉으며 구둣발로 들개의 배를 세게 걷어찼다. 들개가 산 아래쪽으로 날아가 나뒹굴었다. 하지만 어미 들개는 곧바로 일어나 이를 드러내며 다시 공격 자세를 취했다.

"이 똥개 새끼야! 자, 어서 다시 덤벼봐!"

나는 어미 들개를 향해 삽날을 흔들어대며 소리쳤다.

숨을 거칠게 몰아쉬던 어미 들개가 내게 다시 돌진해오지 않고 옆쪽 산기슭으로 내달렸다. 아래에서 위로 공격하는 게 불리하다는 걸 본능적으로 깨닫고 나를 우회해 위로 올라가 옆이나 위에서 공격하려는 것 같았다.

나도 가만히 있을 수 없었다. 어떻게 해서든 어미 들개보다 위쪽에 있어야 했다.

정신없이 산등성을 기어 올라가는데 위쪽에서 들개 떼의 으르렁거리는 소리가 들려왔다. 다시 도망가는 방향을 아래로 바꾸는 순간 시커먼 들개가 엉덩이를 들이받으며 물고 늘어졌다. 달리던 힘에 의해 나는 검은 들개와 함께 산비탈을 데굴데굴 굴렀다. 그 와중에도 나는 삽을 놓치지 않으려고 꽉 움켜쥐었다.

산비탈에서 몸을 급히 일으키며 보니 내 엉덩이를 물었던 검은 들개는 나보다 더 아래쪽으로 굴러가 있었다. 내가 다시 방어에 유리한 위치였다. 그런데 산 위쪽에서 다른 들개 떼가 짖는 소리와 발소리가 들려왔다. 두두두두. 곧장 진돗개만 한 들개 한 마리가 날아오듯 내게 달려들었다. 나는 들고 있던 삽을 힘껏 휘둘렀다. 삽날이 들개의 얼굴을 찍었다.

깨갱!

삽날에 찍힌 들개가 내 옆구리를 스치며 산 밑으로 날아가 데굴데굴 굴러 검은 들개 앞에 쓰러졌다. 다른 들개들도 줄줄이 나를 향해 달려들었다. 나는 다시 삽을 휘둘러 들개 한 마리의 머리를 삽날로 찍었다.

깨갱!

들개 두 마리가 연달아 삽날에 찍혀 나가떨어지는 걸 본 다른 들개들이 내게 달려들지 못하고 주춤했다. 나는 다시 옆으로 내달렸다.

미끄러지고 넘어지며 정신없이 달리다가 뒤를 돌아보니 들개 떼가 보이지 않았다. 들개 두 마리가 중상을 입자 어미 들개가 옆을 지키느라 추적을 멈춘 것 같았다.

그제야 들개에게 물린 엉덩이가 욱신거렸다.

바지 뒷주머니 속의 지갑이 잘 있는지 확인한 뒤 바지 속으로 손을 넣어 엉덩이를 더듬어보았다. 끈적끈적 피가 흐르는 피부에 들개의 송곳니 자국이 있었지만 살이 뜯겨나가지는 않았다. 두꺼운 바지를 입은 게 다행이었다.

들개 새끼 한 마리 때문에 일이 점점 복잡하게 꼬이고 있었다.

'강명훈은 죽었을까?'

강명훈이 들개 떼의 공격을 받아 목숨이 끊어졌다면 시체를 그대로 둬도 큰 탈은 없을 것이다. 강명훈이 한밤중에 어떤 이유로 어떤 교통편을 이용해 이곳에 왔는지 의문이 남겠지만 들개 떼의 공격을 받고 사망한 것이니 살인 사건이 아닌 사고사였다.

하지만 강명훈이 살아 있다면 큰일이었다. 중상을 입었으니 멀리 가지는 못하겠지만 찻길까지 가서 지나가던 차에 구조라도 되면 나는 부자가 되는 대신 오래도록 교도소에서 썩을 수밖에 없다. 빨리 강명훈의 죽음을 확인하고 죽지 않았으면 뒤쫓아가서 죽여야 했다.

몸이 휘청하며 다시 머리가 심하게 어지러웠다. 온몸의 피가 다 빠져나간 것처럼 몸에 힘이 하나도 없었다. 저혈당증이 틀림없었다. 그렇다면, 비상용 사탕을 먹어야 했다. 나는 잠바 왼쪽 주머니에 손을 넣었다. 어? 없었다. 분명 아까까지 있었던 사탕이 사라지고 없었다. 들개 떼에 쫓기며 넘어지고 구를 때 어딘가에 흘린 것 같았다.

"제기랄!"

들개 떼가 더는 나를 추적하지 않는다고 해도 이런 산속에서 저혈당 쇼크가 와서 정신을 잃으면 끝장이었다. 저혈당 쇼크가 오기 전에 빨리 강명훈의 죽음을 확인하고 차를 몰아 이곳을 빠져나가야 했다.

'그런데 여기가 어디지?'

차를 세워둔 곳으로 돌아가야 하는데 어느 쪽으로 가야 하는지 방향조차 감을 잡을 수 없었다. 도시와 달리 산속이라서 주변에 이정표가 될 만한 게 없었다.

어둠 속에서 잘못 움직이면 차에서 더 멀어질 수 있었다. 이런 어둠 속에서는 지나온 흔적을 되짚어 돌아갈 수도 없었다.

찻길을 찾아야 했다. 찻길을 따라오다가 비포장도로로 들어섰으니 찻길만 찾으면 비포장도로를 찾을 수 있을 것 같았다. 비포장도로가 끝나는 공터에 차가 세워져 있었다.

도로가 있을 것 같은 방향으로 발길을 옮겼다. 계곡을 따라 내려가면 도로든 민가든 나올 것이다.

그런데 계곡이 끝나는 부분에는 도로가 아닌 작은 개울이 흐르고 있었다. 또 다른 계곡이었다. 방향을 잘못 잡았다.

나는 개울가에 엎드려 한 마리 짐승처럼 직접 입을 대고 물을 벌컥벌컥 마신 뒤 돌 위에 앉아 숨을 돌렸다. 갈증은 해소되었지만, 저혈당증은 조금도 해소되지 않았다. 물에는 저혈당증을 해소할 만한 당분이 없다.

짙은 구름 속에 있던 달이 구름 틈으로 잠시 얼굴을 내밀었다. 달이 사라지기 전에 서둘러 산세를 둘러보는데 갑자기 낙엽을 밟으며 달려오는 동물 발소리가 들렸다. 들개 떼가 뒤쫓아온 게 틀림없었다.

나는 자리에서 벌떡 일어나 11월 중순의 차가운 개울 속으로 뛰어 들어갔다. 허겁지겁 물을 건너다 구둣발이 이끼 낀 돌을 밟고 미끄러졌다. 나는 찬물 속에 주저앉았지만 어떤 소리도 내지 않았다.

개울을 건너자 높이가 2미터 정도 되는 바위가 있었다. 나는 재빨리 그 바위 위로 올라갔다. 젖은 지갑 속의 복권이 걱정되었으나 살펴볼 여유가 없었다.

삽을 쳐든 채 잠시 기다리고 있으니 개울 건너편에 어미 들개가 나타났다. 어미 들개는 개울 건너편의 바위 위에 있는 나를 발견하지 못하고 조금 전까지 내가 앉아 있었던 곳으로 가서 바닥에 코를 대고 킁킁 냄새를 맡았다. 코를 쳐들고 공기 중의 미세한 냄새를 맡으며 주변을 살피던 어미 들개가 개울로 들어섰다. 내가 개울을 건넜다는 걸 알아챈 것 같았다.

개울을 건넌 어미 들개는 등의 털을 곤두세운 채 개울가의 젖은 흔적을 따라 곧장 내가 있는 바위 밑으로 왔다. 내 몸이 물에 흠뻑 젖어 있기 때문인지 어미 들개는 사람 냄새를 맡지는 못한 것 같았다. 하지만 어미 들개가 나를 찾아내는 건 시간문제였다.

포경선의 작살수처럼 어미 들개를 향해 삽날을 겨눈 채 숨소리마저 죽이고 있던 나는 어미 들개가 바위 밑으로 다가오자 바위에서 뛰어내리며 손에 움켜쥔 삽의 날을 힘껏 어미 들개 목에 내리꽂았다. 픽!

깨깽!

하지만 삽날은 어미 들개의 목을 꿰뚫거나 부러트리지 못하고 옆으로 비켜났다.

목을 강하게 내리찍힌 충격에 쓰러졌던 어미 들개가 벌떡 일어나 곧장 나에게 달려들었다. 나는 성난 들개에게 물리지 않으려고 뒤로 주저앉아 바위에 등을 기댄 채 삽날을 휘두르고 구둣발로 어미 들개의 얼굴을 차댔다. 어미 들개는 구둣발에 얼굴을 맞아가면서도 죽기 살기로 달려들었다. 나의 왼발을 날카로운 송곳니로 물고 머리를 사정없이 흔들어댔다.

어미 들개에게 물려 왼발 구두가 벗겨지자 나는 오른발 뒤꿈치로 어미 들개의 눈과 코를 반복해 가격했다. 어미 들개는 이번에는 나의 오른쪽 종아리를 물고 살을 찢으려는 듯 질질 끌어당기며 머리를 좌우로 힘껏 흔들어댔다. 나는 어미 들개의 얼굴을 향해 삽을 몇 번 휘둘렀으나 모두 빗나갔다. 뒤로 드러누워 끌려 가는 자세에서는 삽으로 어미 들개를 효과적으로 공격할 수 없었다.

신발을 신지 않은 왼발 뒤꿈치로 어미 들개의 눈을 걷어차자 어미 들개가 드디어 몸을 옆으로 틀었다. 기회였다. 나는 상체를 일으키며 삽날로 어미 들개의 왼쪽 뒷다리를 후려쳤다.

픽!

어미 들개가 뒷다리를 접으며 풀썩 주저앉았다.

오른발이 풀려난 나는 재빨리 몸을 일으켜 도끼로 장작을 패 듯 어미 들개의 등을 삽날로 내려쳤다. 픽! 그런데 어미 들개가 몸을 돌리는 바람에 삽날이 아닌 삽자루가 어미 들개의 등에 맞으며 뚝 부러져 두 동강 났다.

나는 반토막 난 삽자루를 어미 들개를 향해 집어 던지고 바지 주머니에서 잭나이프를 꺼내 철컥 날을 폈다. 이제 어미 들개를 끌어안고 뒤엉켜서 싸워야 했다. 절대 목을 물려서는 안 된다. 왼 팔이나 다리를 내주고 날이 짧은 잭나이프를 어미 들개의 목이나 심장에 깊이 찔러넣어야 승산이 있었다.

목에서 털을 타고 피가 뚝뚝 떨어지는, 왼쪽 뒷다리를 땅에 짚지 못하는 어미 들개와 마주 서서 서로 빈틈을 노리고 있는데 개울 건너편에서 들개 떼가 나타나 요란하게 짖어대더니 곧장 개울을 우르르 건너왔다. 나는 다시 도망칠 수밖에 없었다. 왼발에서 벗겨진 구두가 바로 앞에 있었지만 집어들 여유조차 없었다.

다리를 절룩거리며 개울가를 따라 허겁지겁 도망가다가 뒤를 돌아보니 들개 떼는 더 이상 쫓아오지 않았다. 크게 다친 어미 들개가 추격을 멈추자 다른 들개들도 따라오지 않는 것 같았다. 아마도 어미 들개는 뒷다리가 부러졌거나 인대가 끊어져 뛰기는커녕 걷기도 힘들 것이다.

복권 당첨금을 찾으면 밀렵꾼들을 떼로 몰고 와 저 들개 떼를 모조리 잡아 죽여야겠다는 생각이 들었다.

나는 개울가의 돌밭을 걸으며 술에 취한 사람처럼 몸을 비틀거렸다. 옷이 물에 젖어 몸까지 덜덜 떨렸다. 그렇지 않아도 저혈당증이 심한데 어미 들개와 혈투를 벌이느라 체력이 고갈되어 금방이라도 쓰러질 것만 같았다.

하체 곳곳이 쓰라려서 바위에 걸터앉아 바지를 내리고 살펴보니 두 다리의 허벅지와 종아리, 발등에 피가 홍건했다. 특히 오른발 종아리 부상이 심했다. 들개의 이빨에 피부 곳곳이 구멍 나고 찢어져 피가 흘렀다.

땀과 물에 젖은 런닝셔츠를 칼로 찢어서 물기를 짜낸 뒤 피가 가장 많이 흐르는 오른쪽 종아리와 왼쪽 발목을 묶었다.

지갑을 꺼내 로토 복권을 살폈다. 물에 젖기는 했지만 훼손된 부분은 없어 보였다. 어둠 속에서 떨리는 손으로 복권의 물기를 제거하려다가는 훼손할 위험이 있었다. 그대로 두는 게 좋을 것 같았다.

고개를 들어 주변 산등성을 살펴보니 밝은 곳이 있었다. 작은 산 너머에 가로등이 켜진 마을이 있는 것 같았다. 산을 넘어가면 마을에 빨리 갈 수 있겠지만, 지금 몸 상태로는 무리였다. 개울을 따라 내려가 돌아갈 수밖에 없었다.

개울을 따라 내려가다 보니 옆에 다랑논이 있었고 농로가 있었다. 농로를 따라 하늘빛이 훤한 쪽으로 비틀거리며 걸어갔다. 곧 포장된 찻길이 나왔다. 아까 내가 찾으려 했던 그 찻길이 틀림없었다. 찻길을 따라 산 아래쪽으로 가면 마을이 나올 테고 위쪽으로 가면 차를 세워둔 오솔길이 나올 것이다. 차를 세워둔 곳보다 마을이 좀 더 가까울 것 같았지만 나는 망설임 없이 산 쪽 길을 택했다. 지금 가장 중요한 것은 강명훈이 죽었는지 살았는지 확인하는 일이었다.

찻길을 따라 한참 걷다 보니 예상대로 오솔길이 나왔다.

히말라야를 무산소 등정하는 사람처럼 힘겹게 오솔길을 걸어가자 드디어 자동차가 보였다. 어두워서 자세히 보이지는 않았지만 주변에 들개 떼는 없는 것 같았다. 풀벌레 소리 이외에 다른 소리는 들리지 않았다.

나는 잠깐이라도 차의 시동을 걸고 히터에 덜덜 떨리는 몸을 녹이고 싶은 마음이 간절했다. 하지만 자동차에는 냉각수가 없었고 시간도 없었다.

자동차를 그대로 지나쳐 산 쪽으로 올라가자 쓰러져 있는 사람 형체가 나타났다. 강명훈이었다. 가까이 가서 보니 누군지 알아볼 수 없을 정도로 피투성이였다. 끔찍했다. 들개 떼가 강명훈을 물어 죽이고 나서 다시 돌아와 내장마저 먹어 치운 것 같았다.

'어떻게 하지? 다시 묻어야 할까?'

하지만 이제 삽도, 그럴 힘도 없었다. 머리에 삽날 흔적이 있을지 몰라 걱정되긴 했지만, 들개 떼에 물려 죽은 것이니 이대로 둬도 별문제는 없을 것 같았다. 아니, 오히려 잘된 일이었다. 시체를 땅에 묻으면 시체가 발각될까 봐 평생 마음을 졸이며 살 수밖에 없는데 이제 그럴 걱정은 없었다. 들개 떼가 시체 처리를 도와준 셈이었다.

나는 시체를 그대로 두고 자동차로 돌아갔다. 조수석의 김태석은 여전히 세상모르고 자고 있었다. 자동차 보닛을 열고 냉각수 통을 살펴보니 비어 있었다. 아까 그 개울은 너무 멀었고 물을 떠 올 그릇도 없었다.

나는 생각 끝에 바지 지퍼를 내리고 자동차 엔진 위에 꾸부정하게 엎드려 냉각수 통에 오줌을 눴다. 하지만 땀을 많이 흘린 탓에 오줌도 거의 나오지 않았다.

시동을 걸자 역시 계기판에 빨간 불이 들어왔다. 길을 따라 조금만 내려가면 마을이 있었다. 마을에 도착하면 냉각수 통에 물을 채울 수 있을 것이다.

좁은 공터에서 차를 돌리기 위해 전진과 후진을 반복했다. 그때 하나뿐인 전조등 불빛에 멀리서 검은 물체들이 달려오는 게 보였다. 상향등을 켰다. 들개 떼였다. 덩치가 작은 들개들이 앞에서 달려오고 있었고 뒷다리를 심하게 절룩거리는 어미 들개는 뒤쪽에 있었다.

"지독한 새끼들! 그래! 어디 누가 이기나 해보자!"

차를 돌리고 나서 들개 떼를 향해 차를 몰아갔다. 다가오는 자동차의 전조등에 앞이 안 보이는지 앞장서서 달려오던 들개가 멈춰서서 길을 막고 으르렁거렸다. 나는 핸들을 꽉 잡고 액셀을 힘껏 밟았다. 부우웅! 차가 들개 떼를 향해 빠르게 돌진했다.

쿵! 쿵!

차에 받힌 앞쪽의 들개 두 마리가 볼링핀처럼 길옆으로 튕겨 나갔다.

"스트라이크!"

내 입에서 감탄사가 터져 나왔다. 짜릿하고 통쾌했다.

그런데 아쉽게도 뒤쪽에 있던 어미 들개는 길 옆으로 몸을 피해 차에 치이지 않았다. 차를 돌려서 다시 한번 들개 떼를 깔아뭉개고 싶었지만 차를 돌릴 공간이 없었다.

"하하! 어미가 멍청하니 새끼들까지 다 뒈지네! 개새끼들이 감히 사람에게 덤벼!"

내리막길이라서 브레이크를 잡으며 룸미러를 보니 브레이크 등 불빛에 어미 들개가 뒷다리를 절룩거리며 뒤쫓아오는 게 보였다. 예전에 어디서 본 듯한 광경이었다. 아! 오래전에 머피가 다친 뒷다리를 절룩이며 내 영업용 트럭을 악착같이 뒤쫓아오던 모습과 똑같았다. 기시감에, 저 검은 개가 내가 예전에 이곳 어딘가에 버린 머피의 새끼가 아닐까 하는 생각이 들었다.

'아냐! 그럴 리 없어!'

나는 머리에 벌레라도 붙은 것처럼 머리를 흔들었다.

그때 머피는 자신을 버리지 말아달라는 간절한 표정으로 트럭을 악착같이 뒤쫓아왔었는데 저 검은 들개는 등의 털을 모조리 곤두세우고 날카로운 송곳니를 드러낸 채 내 뒤를 악착같이 쫓아오고 있었다.

뒷다리를 절룩거리며 차를 쫓아오던 어미 들개는 예전의 머피처럼 점점 차와 거리가 멀어져 어둠 속으로 사라졌다.

얼마 달리지도 않았는데 타는 냄새가 났다. 계기판의 엔진 온도가 계속 올라가고 있었다. 곧 차가 퍼질 것 같았다.

찻길이 두 갈래로 갈라졌다. 표지판에 왼쪽은 '장곡사'였고 앞쪽은 '부여/공주'였다. 대전으로 가려면 직진이었지만, 나는 핸들을 왼쪽으로 틀었다. 불빛을 보았기 때문이었다.

가로등이 몇 개 켜진 곳은 마을이 아니고 휴게소 겸 주차장이었다. 주차장 가에 불 꺼진 건물 두 동이 있었다.

차를 몰아 텅 빈 주차장 안으로 들어갔다. 주차장 끝에 '산불 조심'이라고 쓰인 깃발을 단 낡은 소형 트럭 한 대가 서 있었다. 나는 그 트럭 옆에 차를 세우고 곧바로 시동을 껐다.

숨을 쉬는 것조차 힘들 정도로 머리가 어지러웠다.

이제 목격자가 생겨 알리바이가 꼬여도 어쩔 수 없었다. 정신을 잃기 전에 저혈당증을 해결하는 것이 그 무엇보다 급했다. 그 다음은 물을 구해 냉각수 통을 채워야 했다.

차에서 내려 가까운 건물로 다가갔다. 하지만 그 건물은 앞문과 옆문이 모두 잠겨 있었다.

"누구 없어요?"

옆문을 두드리며 소리를 질렀으나 누구도 대답하지 않았다. 관광객이 없는 밤에는 건물에 사람이 상주하지 않는 것 같았다.

아니다. 주차장에 소형 트럭 한 대가 있는 걸 보면 분명 어딘가에 사람이 있을 것이다. 트럭 운전사가 트럭을 주차장에 세워두고 걸어서 집으로 가지는 않았을 테니까. 이곳은 마을과 꽤 떨어져 있었다.

"누구 없어요?"

소리를 지르며 주변을 살피던 나는 다른 건물의 출입문 옆에 불이 켜진 자판기가 있는 걸 발견했다. 구세주를 만난 기분이었다. 자판기를 향해 비틀거리며 달려갔다.

자판기는 내 목숨을 구해줄 소중한 물건답게 철창 케이스 안에 들어 있었다. 커피 자판기였다.

자판기의 설탕 커피 버튼에 불이 들어와 있었다. 살았다. 빨리 당분을 섭취하지 않으면 정신을 잃고 말 것이다. 고급 설탕 커피는 200원이었고 일반 설탕 커피는 140원이었다. 설탕 커피 한 잔만 마셔도 극심한 저혈당증이 사라질 것이다.

덜덜 떨리는 손으로 급히 주머니를 뒤졌다. 동전은 100원짜리 하나밖에 없었다. 40원, 또는 100원짜리 동전 하나가 더 있어야 했다.

젖은 지갑 속에 1등 로토 복권과 함께 지폐 몇 장이 들어 있었다. 젖은 천 원짜리 지폐 한 장을 꺼내 자판기에 밀어 넣었다. 하지만 자판기는 젖은 지폐를 먹다 말고 뱉어냈다. 제길!

나는 다른 천 원짜리 지폐를 차례로 꺼내 자판기에 밀어 넣었다. 자판기는 나머지 네 장의 젖은 지폐도 모두 뱉어냈다.

"이런 젠장!"

천 원짜리 지폐 중에 사용감이 가장 적은 걸 손에 쥐고 공중에 흔들어서 물기를 좀 제거한 뒤 다시 자판기에 밀어 넣었지만 역시 소용없었다.

지폐가 마를 때까지 기다리고 있을 수는 없었다.

10원짜리 동전 네 개, 또는 50원짜리나 100원짜리 동전 하나만 있으면 되는데…….

나는 비틀거리며 승용차로 달려갔다. 그러나 글로브박스에도, 콘솔박스에도 굴러다니는 동전 하나 없었다.

코를 골며 자는 김태원의 주머니를 뒤졌다. 동전은 없었고 지갑은 있었다. 지갑을 여니 5천 원짜리와 만 원짜리 뿐이었다. 자판기는 동전과 천 원짜리만 사용할 수 있었다.

옆의 트럭 안을 들여다봤다. 의자가 헤져서 너덜거렸지만, 청소는 잘 되어 있었다. 창문을 깨봤자 흘린 동전 하나 나올 것 같지 않았다.

저혈당증으로 점점 정신이 혼미해졌다. 이제 뭘 어떻게 해야 할지 판단력까지 떨어졌다. 극심한 저혈당증에서 벗어나려면 빨리 설탕 커피를 마셔야 했다.

자판기로 다시 가서 주머니에서 잭나이프를 꺼내 날을 펼쳐서 동전 구멍을 쑤셔봤지만 소용없었다.

결국 나는 자판기를 부수기로 했다. 자판기 안에 설탕 커피가 가득 들어 있을 것이다. 자판기를 부수려면 먼저 자판기를 감싸고 있는 철창부터 뜯어내야 했다.

나는 몸을 비틀거리며 주차장 구석으로 가서 커다란 돌을 가져왔다. 그 돌을 머리 위로 들어 자판기를 감싸고 있는 철창에 집어 던졌다.

쾅!

다시 한번…….

쾅!

젖 먹던 힘까지 다한 내 두 번의 공격에 철창살이 조금 휘어졌다. 다시…….

쾅! 쾅!

하지만 철창은 무척 견고했다.

쾅!

"뭐야? 어떤 새끼야!"

등 뒤에서 날카로운 외침이 들려왔다. 나는 그 목소리가 애인의 목소리처럼 반가웠다. 살았다!

손전등 불빛이 다가오며 나의 얼굴을 비췄다.

"간첩이야 뭐야? 아니, 그 속에 든 동전이 몇 푼이나 된다고 또 그걸 부수려고…….”

“아닙니다! 그게 아니라, 제가 당뇨인데 지금 저혈당증이 심해서 당장 설탕을 먹지 않으면 목숨이 위험해서…….”

“아니, 이게 누구신가?”

손전등 불빛 때문에 다가온 사람의 얼굴은 볼 수 없었지만 어디서 들어본 듯한 목소리였다. 등골이 오싹해졌다. 이곳에서 잘 아는 사람을 만난 거라면 최악이었다. 알리바이가 틀어질 수도 있었다.

“누, 누구시죠?”

내가 묻자 상대가 대답 대신 손전등을 내렸다.

‘어, 누구더라?’

손에 손전등과 쇠 파이프를 들고 있는 20대 초반의 남자, 어디서 본 얼굴이었다. 낡은 야전 군복 상의를 걸치고 있었는데 자다가 일어났는지 더벅머리가 부랑자처럼 떠 있었다.

‘어디서 봤더라?’

쉽게 기억나지 않는 걸로 봐서 잘 아는 사람은 아닌 것 같았다. 다행이었다.

그런데 인상이 좋지 않았다. 뭔가 나쁜 일로 만났던 사람 같았다. 녀석의 표정에도 적의 같은 게 있었다.

누군지 빨리 기억해내려 했지만 기억나지 않았다. 어쨌든 지금 나를 도와줄 사람은 이 사람밖에 없었다. 뒷수습은 나중 일이고 일단 설탕 커피부터 마셔야 했다.

"제가 저혈당증이 심해서 빨리 커피를 마셔야 하는데, 40원만 빌려주세요."

"뭐라고? 40원만 빌려달라고? 이 사람이 지금 나랑 장난하나? 내가 누군지 모르겠어?"

"누구……?"

아, 생각났다! 제길! 바로 그 녀석이었다. 김정화의 아들! 김정화 옆에서 무릎을 꿇은 채 식당 출입문 앞의 바닥에 흩어져 있던, 생선 썩은 비린내 나는 10원짜리와 100원짜리 동전들을 하나씩 세서 쌀 포대에 주워 담으며 모멸감에 찬 눈빛으로 나를 노려보던 그 얼굴.

제기랄!

맞다! 그러고 보니 김정화의 친정집이 이쪽 어디라고 했었다.

한마디로 원수를 외나무다리에서 만난 셈이었다. 10원짜리로 놈의 어머니와 놈을 그리 치욕스럽게 만들었는데 녀석에게 동전이 있어도 선뜻 내줄 리 없었다.

하지만 목숨이 걸린 일인데 이대로 물러날 수는 없었다.

"아, 이런 곳에서 아는 사람을 다 만나네. 그때는 정말 미안했습니다. 어머니, 잘 계시죠? 제가 가진 현금 다 드릴 테니 40원만……."

나는 바지 뒷주머니에서 지갑을 꺼냈다.

"뭐? 어머니 잘 있냐고?"

녀석의 목소리가 튀었다. 무슨 뜻이지?

나는 지갑에서 물에 젖은 만 원짜리와 5천 원짜리, 천 원짜리를 모두 꺼내 녀석의 앞으로 내밀었다.

　"이거 다 드릴 테니, 40원만⋯⋯. 50원짜리, 100원짜리도 좋고⋯⋯."

　"하핫! 그깟 돈과 내 동전을 바꾸자고?"

　어이없다는 표정을 짓고 있던 녀석이 바지 주머니를 뒤져 10원짜리 몇 개를 꺼내 손바닥 위에 올려놨다. 10원짜리 네 개, 딱 40원이었다. 하지만 내게 건네려는 게 아니었다.

　"이 동전이 뭔 줄 알아? 그때 당신이 어머니에게 월급으로 준 바로 그 썩은 비린내 나던 10원짜리 동전들이야! 내가 왜 이 동전을 가지고 다니는 줄 알아? 그때 당한 수모를 잊지 않으려고, 와신상담해서 부자가 되어 다시는 그런 수모를 겪지 않으려고 가지고 다니는 거야! 당신이 이 동전으로 무슨 짓을 한 줄 알아? 어머니는 그때 중증 암 환자였는데도 아픈 사실을 나와 사람들에게 숨기고 내 학비를 벌려고 식당에 나가 악착같이 일했어. 그런데 당신에게 그 치욕을 당한 뒤 병이 급격히 악화해서 올봄에 세상을 뜨셨다고! 우리 어머니가 도대체 뭘 그리 잘못했다고 밀린 월급을 모두 동전으로 지급한 거지? 응? 몸이 아파서 몇 번 결근하고 지각한 게 그리 죽을 죈가? 일했으니 당연히 받아야 할 밀린 월급과 퇴직금 받으려고 노동청에 신고한 게 썩은 비린내 나는 동전을 받아야 할 일이었냐고? 응?"

　나는 다리에 힘이 풀려 바닥에 털썩 주저앉았다. 그 일에 대해서는 나도 하고 싶은 말이 많았으나 대꾸할 힘이 없었다. 정신이 곧 끊어질 듯 혼미해지고 있었다.

동전 때문에 내게 원한이 있는 녀석에게 동전을 얻어내는 건 불가능해 보였다.

나는 손으로 잭나이프가 든 바지 주머니를 슬쩍 더듬었다. 녀석이 10원짜리 동전 네 개를 순순히 건네주지 않는다면 죽이고 뺏을 수밖에 없었다. 40원을 뺏으려고 살인을 저지르다니, 어이가 없긴 했다. 하지만 내겐 목숨이 걸린 40원이었다.

그런데 돈을 강제로 뺏기에는 녀석의 손에 쇠 파이프가 들려 있다는 게 문제였다. 녀석이 빈틈을 보이지 않는 한 잭나이프로 쇠 파이프를 이길 수는 없었다.

'그래. 강제로 뺏을 수 없다면 조금 더 비굴하게……'

나는 잠깐의 자존심쯤이야 얼마든지 버릴 수 있었다. 수치를 참고 한나라의 대장군이 된 한신처럼 녀석이 자기 사타구니 밑으로 기어가라고 한다면 열 번이라도 기어갈 수 있었다. 이 고비만 넘기면 나는 남들이 부러워할 부자가 될 수 있다.

"제발 40원만……."

나는 땅바닥에 납작 엎드려 구걸하는 듯한 자세를 취했다.

"허허, 참! 자존심도 존나 없는 인간이네."

"제발 살려주세요!"

나는 한술 더 떠서 걸인처럼 손바닥을 앞으로 내밀며 사정했다. 그러면서도 나는 속으로 나를 욕보이고 있는 이 녀석에게 복수할 방법을 떠올리고 있었다. 로또 복권 당첨금을 찾으면 멋진 스포츠카를 타고 와서 녀석에게 빌린 돈의 이자라며 10원짜리로 100만 원쯤 던져주면 재밌을 것 같았다. 녀석은 다시 똥 씹은 표정을 지을 테고, 그럼 얼마나 통쾌할까.

"그때는 정말 제가 잘못했어요. 제발 40원만……."

나는 머리까지 조아렸다.

하지만 녀석은 10원짜리 동전들을 다시 주머니에 넣으려는 듯 주먹을 꽉 쥐었다.

"제발, 한 번만 살려주세요! 제가 정말 잘못했어요!"

나는 땅바닥에 더욱 바짝 엎드리며 간절한 표정으로 녀석의 얼굴을 올려다봤다. 녀석이 빈틈을 보이면 재빨리 잭나이프를 꺼내 들고 달려들어야 했다.

"허허! 어이가 없군. 그래, 두 번 다시는 볼 일이 없을 테니, 우리 악연은 여기서 끝냅시다."

헛웃음을 웃고 난 녀석이 손바닥을 다시 펴더니 동전 네 개를 한꺼번에 엄지로 툭 튕겼다. 공중으로 튀어 오른 네 개의 동전은 녀석의 발치에 떨어졌다가 한 번 튀어 오르고 나서 내 앞으로 또르르 굴러왔다.

'드디어 살았다!'

하지만 나는 놈에게 고맙다고 말하지 않았다. 이미 돈을 받았는데 더는 비굴할 이유가 없었다.

10원짜리 동전 네 개를 거지에게 적선하듯 던져주고 난 녀석은 더는 나를 상대하기 싫다는 듯이 손에 들고 있던 쇠 파이프를 자판기 옆으로 내던진 뒤 주차장에 서 있는 트럭으로 가서 올라 탔다.

나는 녀석에게 더는 굴욕스러운 모습을 보이지 않으려고, 녀석이 탄 트럭이 산불 조심 깃발을 펄럭이며 주차장을 완전히 빠져나간 뒤에야 10원짜리 동전 네 개를 찾기 위해 시멘트 바닥을 더듬었다.

어? 동전 세 개는 바로 주웠는데 하나가 보이지 않았다.

분명 동전 네 개가 내 앞으로 굴러왔는데……?

130원을 자판기에 넣어봤자 커피가 나올 리 없었다. 설탕 커피를 마시려면 반드시 10원짜리 하나가 더 있어야 했다.

자리에서 일어나 바닥을 살펴보니 발밑에 시멘트로 된 맨홀 뚜껑이 있었고 맨홀 뚜껑에 길고 좁은 구멍들이 몇 개 있었다. 맨홀 구멍에 눈을 대고 들여다봤다. 맨홀 바닥에 동그란 뭔가가 있었다. 10원짜리 동전이었다.

'휴! 살았다!'

동전을 꺼내려면 맨홀 뚜껑을 열어야 했다. 뚜껑의 구멍에 손가락을 밀어 넣었다. 폭이 좁아 손가락이 조금밖에 들어가지 않았다.

맨홀 뚜껑을 열려면 갈고리 같은 연장과 지렛대가 필요했다.

김정화의 아들이 커피 자판기 옆에 버리고 간 쇠 파이프를 집어 들었다. 쇠 파이프 끝을 돌로 두드려서 납작하게 만들면 구멍 안으로 들어갈 것 같았다. 녀석이 이런 유용한 물건을 놔두고 간 게 천만다행이었다.

자판기 쇠창살을 부수던 돌을 주워다가 쇠 파이프 끝을 내려쳤다.

쿵!

한 번 더…….

쿵!

돌을 내리칠 때마다 조금씩 쇠 파이프 끝이 찌그러지긴 했지만 쉽지 않은 일이었다.

쿵! 쿵! 쿵!

드디어 쇠 파이프가 원하는 만큼 납작해졌다.

"하아! 하아!"

나는 정말 이제 손가락 하나 움직일 힘도 없었다. 이대로 땅바닥에 누워 한숨 자고 싶었다. 하지만 잠들면 죽는다.

나는 힘을 내기 위해 예전에 다니던 회사의 명품 좋아하는 예쁘고 콧대 높은 여직원을 생각했다. 빨간색 스포츠카에 그녀를 태우고 바닷가를 달리다가 인적이 없는 곳에 차를 세우고 천만 원쯤 하는 명품 가방을 건넨 뒤 알몸으로 만들어……. 생각만 해도 즐거운 일이었다. 힘이 좀 났다.

쇠 파이프를 맨홀 뚜껑의 구멍에 밀어 넣고 지렛대로 이용해 팔이 들어갈 정도로 맨홀 뚜껑을 열었다. 바닥에 엎드려서 팔을 맨홀 속으로 뻗으니 손끝이 동전에 닿을 듯 말 듯 했다. 목이 크게 꺾이도록 팔을 밀어 넣어서 힘겹게 10원짜리 동전을 움켜쥐었다.

바로 그때 시멘트 바닥에 대고 있는 귀에서 두두두두 땅울림이 들려왔다. 동물 몇 마리가 달려오는 소리였다.

시선을 옆으로 돌리니 들개 떼가 주차장을 가로질러 질주해오고 있었다. 덩치 작은 들개 두 마리가 앞장서서 달려오고 있었고 뒷다리를 절룩거리는 어미는 뒤처져 있었다. 이제 세 마리뿐이었다.

나는 재빨리 잭나이프가 든 바지 주머니 속에 왼손을 집어넣으며 맨홀 구멍에서 급히 10원짜리를 쥔 오른팔을 빼냈다. 그런데 맨홀 밖으로 나오던 팔이 뭔가에 걸려 빠지지 않았다. 맨홀 속의 날카로운 철사에 잠바의 옷소매가 걸린 것 같았다.

잠바를 벗거나 차분히 옷소매를 빼낼 시간이 없었다.

내가 왼손으로 주머니에서 잭나이프를 꺼내 버튼을 눌러 칼날을 펼치는 순간 덩치 작은 들개 두 마리가 거의 동시에 나에게 달려들었다. 나는 그중 한 마리를 향해 잭나이프를 휘둘렀다. 날카로운 칼날이 개의 콧등을 갈랐다.

깨갱!

이어서 나는 맨홀에 낀 오른팔을 물고 늘어지는 들개를 잭나이프로 내리찍었다. 이번에는 칼날이 개의 오른쪽 눈을 긋고 지나갔다.

깨갱! 깨갱!

코와 눈에 상처를 입은 들개 두 마리는 겁을 먹었는지 나에게서 급히 물러나 거리를 뒀다.

하지만 털을 곤두세운 채 왼쪽 뒷다리를 들고 세 발로 뛰어온 어미 들개가 곧장 나를 향해 달려들었다. 어미 들개의 날카로운 송곳니가 목덜미를 물려는 순간 나는 몸을 틀며 목을 움츠렸다. 목을 물지 못한 어미 들개가 어깨를 물고 늘어졌다. 나는 몸을 더욱 틀며 오른쪽 겨드랑이 밑으로 칼을 넣어 어미 들개의 가슴을 푹 찔렀다. 칼날이 살을 파고드는 느낌이 생생했다.

끼깅!

하지만 치명상은 아닌 듯했다. 내 어깨를 문 어미 들개는 살을 뜯어내려는 듯 계속 머리를 미친 듯이 흔들어댔다.

"으으읏!"

나는 칼날을 급히 뽑아서 어미 들개의 얼굴을 향해 휘둘렀다. 칼날이 어미 들개의 얼굴 어딘가를 베고 지나갔지만, 어미 들개는 물은 팔을 놓지 않았다. 나는 다시 칼로 어미 들개의 목과 머리를 반복해 찍고 찔러댔다. 피가 사방으로 튀었다.

어미 들개가 나의 어깨에서 떨어져 나갔다. 그러자 콧잔등에 큰 상처를 입고 물러났던 새끼 들개가 다시 달려들어 칼을 쥔 나의 왼팔을 물고 늘어졌다. 눈을 다친 들개도 합세했다. 외눈박이 들개는 두 팔을 쓸 수 없어 무방비 상태인 내 목덜미를 꽉 물고 흔들어댔다.

'제기랄!'

숨이 턱 막혔다. 머리에 피가 안 통해 머릿속이 하얗게 변했다. 결국 나는 왼손에 쥔 칼을 놓치며 풀썩 고꾸라졌다.

한동안 내가 어떤 반응도 하지 않자 내 목을 물고 흔들어대던 새끼 들개가 동작을 멈추고 내 목에서 이빨을 거뒀다. 왼팔을 물고 흔들어대던 들개도 피가 흐르는 팔을 놓고 으르렁거리며 물러났다.

내게서 물러난 두 마리의 들개는 땅바닥에 엎어져서 피를 흘리며 거친 마지막 숨을 몰아쉬는 어미 개 곁을 맴돌았다.

잠깐 정신을 잃었던 내가 다시 정신을 차렸을 때, 내 오른손은 여전히 10원짜리 동전을 꼭 움켜쥐고 있었다.

지금이라도 이 저주받은 동전으로 설탕 커피 한 잔만 마시면 평생 부자로 살 수 있었다. 설탕 커피 한 잔만 마시면 저런 애송이 들개 두 마리쯤이야 얼마든지 처치할 수 있었다.

하지만 내가 미세하게 움직이는 걸 본 새끼 들개 한 마리가 다시 내게 달려들어 목덜미를 물고 머리를 흔들어댔다. 이제 고통조차도 느껴지지 않았다.

힘이 풀린 나의 오른손에서 10원짜리 동전이 다시 맨홀 속으로 툭 떨어졌다. 그러자 맨홀 속에서 썩은 생선 비린내 같은 악취가 확 풍겨 나왔다.

'제길! 주머니 지갑 속에 52억 원이 있는데 고작 40원 때문에……'

시력이 완전히 사라지기 전에 내가 마지막으로 본 것은 주차장으로 들어오는, 산불 조심 깃발을 단 소형 트럭의 뿌연 전조등 불빛이었다. 평생 두 번 다시 볼 일 없을 거라던 김정화의 아들이 무슨 일인지 채 10분도 안 돼서 다시 돌아왔다.

라디오를 켠 트럭이 점점 다가오며, 이제 아무것도 보이지 않는 나의 귀에 이곳으로 올 때 터널 안에서 들었던 그 이상한 라디오 방송이 다시 들려왔다.

이번에는, 훈훈한…… 1등 상금 52억 원에 당첨된…… 올봄에 유일한 혈육이었던 어머니를 잃고…… 고향에서 야간 산림 감시원 아르바이트…… 10억 원을 기부…….

나는 그 라디오 방송의 다음 부분이 궁금했지만 의식이 급격히 흐려져 더는 라디오 소리를 들을 수 없었다. 콧속으로 파고든 썩은 생선 비린내 같은 피 냄새가 내 의식을 빠르게 밀어내며 머릿속에 가득 들어찼다.

40피트 건물 괴사건

김영민

중앙대학교 물리학과 졸업. 「회색 장막 속의 용의」로 2019년 계간 『미스터리』 신인상 수상. 본격 미스터리와 일상 미스터리, 괴담과 추리의 결합을 좋아한다. 즐거운 추리소설을 쓰고 싶다.

폐허가 된 마을은 시선이 닿는 곳마다 <u>으스스</u>했다.

허물어진 낡은 건물들 사이로 녹슨 자동차와 집기들이 널려 있었다. 마을은 온통 무채색으로 가득했다. 마을 사람들이 발길을 끊으며 색이 빠진 것처럼 보였다. 비가 추적추적 내려 한층 을씨년스러웠다. 그들이 왜 이곳을 떠나게 되었는지는 알 수가 없었다. 의도치 않게 방문하게 된 모르는 곳이었기 때문이다.

"건물이 보여서 기쁜 마음에 내려왔더니."

옆에 서 있던 동아리 선배 정아 누나가 마을을 둘러보다 허탈하다는 듯한 말투로 말했다.

"망한 마을이었어. 에잇."

정아 누나가 발치에 떨어져 있던 돌멩이를 걷어찼다. 돌멩이는 완만한 경사로를 굴러 내려갈 거란 내 예상과 달리 꿈쩍도 하지 않았다. 한 시간 동안 산속을 헤매다 겨우 찾은 마을이 이 모양인 거에 비하면 정아 누나의 반응은 평소보단 얌전한 편이었다. 너무 지쳐서 화낼 기력도 없는 듯했다.

"이건 뭐지?"

동아리 부장 은서가 정아 누나가 발로 찬 것과 똑같이 생긴 무언가를 집어 들었다. 가까이서 보니 돌멩이가 아니었다. 거무튀튀하고 제법 딱딱한데, 박쥐나 가오리처럼 생긴 마름모꼴 모양으로 양 끝이 뾰족했다. 불길한 악마를 형상화한 조각 같은데 어디서 본 것 같기도 했다. 연못에 출사를 나갔을 때였나. 물이 메말라 텅 빈 연못에서 봤던 것 같은데. 아, 생각났다.

"이건 마름이라는 식물의 열매야."

"마름?"

은서가 마름 열매를 눈 가까이에 가져가며 말했다.

"말밤이라고도 부르는데, 부엽성 수생식물이야. 호수나 연못에서 자라. 이게 왜 여기에 있는 거지?"

"특이하게 생겼다."

은서가 마름 열매를 바지 주머니에 집어 넣었다.

"그런데 여기 꽤 멋진 거 같아. 폼페이 같은데?"

"그러게. 우린 참 운이 좋은 거 같아."

은서의 말에 맞장구를 쳐주자 정아 누나가 불만이 가득해 보이는 얼굴로 나를 흘겨봤다.

"네 말대로 참 운이 좋다. 이 놀라운 발견을 외부에 알릴 수 있다면 더 좋을 텐데 아쉽게도 휴대폰이 터지지 않아."

"그래도 마을이 있다면 근처에 도로도 있다는 거잖아요. 그 길을 따라가다 보면 히치하이킹이라도 할 수 있겠죠. 지도 앱이 안 되니 확신은 못 하지만요."

내 말에 은서가 고개를 끄덕였다.

"해빈이 말이 맞아요, 언니. 일단 마을을 한번 둘러봐요. 절벽은 길을 잃는 바람에 못 찾았지만 여기도 나름 괜찮은 것 같은데요? 드론으로 항공 촬영을 해보면 정말 폼페이 느낌이 날 거 같거든요."

"부장의 말이라면 믿고 따라야지."

정아 누나는 다행히 툴툴대지 않고 경사로를 내려갔다.

대학교 사진 동아리 '난사'의 핵심 부원인 우리 셋은 지역 사진전에 낼 작품을 찍기 위해 먼 길을 달려 여기까지 왔다. 비공개 출사 카페에서 누군가 직접 찍어 올린 아름다운 기암절벽 사진을 보고 회의를 통해 같은 곳을 찍어보기로 결정한 후, 네 시간 넘게 버스를 타고 한 시간을 걸으며 호기롭게 왔으나 길을 잃어버렸다. 100만 원짜리 쿼드콥터 드론까지 구매했는데 빈손으로 돌아갈 순 없었다. 현재 난사는 우리 세 명을 제외하곤 거의 다 유령 회원으로 채워진 상태라 이대로 있다간 동아리가 이 마을처럼 폐허가 될지 몰랐다. 반드시 성과를 내야 했다.

우리는 비를 맞으며 마을을 가로지르는 길을 걷기 시작했다.

길 양옆으로 회색 건물이 늘어서 있었다. 사람이 살았던 걸로 추정되는 가옥은 대부분 여기저기가 깨져 있거나 완파되었다. 정말 여기에 사람이 살았구나 하는 생각과 함께 왠지 모르게 오싹해졌다.

그때 길바닥에 우리 앞을 가로막는 게 나타났다. 구덩이였다. 실로 엄청난 크기의 구덩이가 땅에 나 있었다. 직경이 5미터는 되어 보였다.

"어머, 이게 뭐야?"

호기심이 동했는지 은서는 겁도 없이 구덩이로 다가갔다. 얘가 진짜. 나는 재빨리 은서의 어깨를 붙잡았다.

"위험해. 구멍이 더 커질지도 몰라."

내 말은 들리지도 않는지 정아 누나도 구덩이 바로 앞에 서서 안을 내려다보고 있었다.

"위험하다고. 둘 다 제발 물러서."

"싱크홀이네. 깊이가 어마어마해."

정말 못 말린다고 생각하며 나도 구덩이에 가까이 가보았다. 과연 엄청난 규모였다. 측정할 수 없을 정도의 깊이였다. 바닥이 보이지 않았다.

"두 사람 이제 제발 물러서면 안 될까? 목숨 아까운 줄 알아."

"엄청나."

은서는 진심으로 감탄한 모습이었다.

"마치 운석이 떨어진 것 같아."

"저기 봐!"

정아 누나가 반대편 어딘가를 가리켰다. 그곳에도 커다란 구덩이가 있었다. 혹시나 해서 둘러보니 다른 곳에도 구덩이가 보였다.

정아 누나가 카메라를 들고 구덩이를 찍으며 말했다.

"아무래도 이 마을은 싱크홀 때문에 폐허가 된 거 같아. 이렇게 거대한 싱크홀이 여러 개 생기면 마을을 떠날 수밖에 없겠어."

상상해보니 섬뜩했다. 누군가는 저 구덩이에 빠져 유명을 달리했을까.

"이렇게 커다란 싱크홀이면 뉴스나 신문 기사로 나올 만도 한데 조용하네."

은서가 구멍 안을 들여다보며 말했다.

"빨리 가자. 언제 또 싱크홀이 생길지 몰라."

나는 싱크홀 구경에 빠져 있는 두 사람을 재촉하여 다시 발걸음을 옮겼다.

눈에 보이는 건물은 대부분 1층짜리 작고 허름한 가옥이었다. 2층이나 3층짜리 건물도 간간이 보였다. 비가 온 탓인지 길바닥이 진흙투성이였다. 녹슨 리어카에 타이어와 폐그물 그리고 농기구 등 잡다한 물건이 널려 있었다.

그때 우리의 시선을 끄는 건물 하나가 나타났다. 원기둥 모양의 콘크리트로 지은 듯한 건물인데 높이는 대략 아파트 4층에서 5층 정도였다. 참으로 삭막하고 건조한 건물이었다. 외벽 한쪽에는 예전에 붉은색 고정식 수직 철 사다리가 달려 있었던 흔적이 보였다. 사다리 대부분은 잘려 나가고 없었다. 절단면은 비교적 반듯했고 벽에 붙어 있던 부분은 심하게 녹슬어 있었다. 시선을 건물 꼭대기로 올리니 가정집 현관문의 두 배 정도 크기의 구멍이 보였다. 저곳을 통해 건물 안으로 들어가는 걸까. 문이 달려 있었을 것 같기도 했다.

"이 건물은 무슨 용도로 썼던 걸까?"

정아 누나의 말에 다 함께 건물 주변을 한 바퀴 돌며 살펴보기 시작했다. 건물의 폭은 원기둥 밑면의 지름으로 말하면 10미터 정도 될 것 같았다. 물론 내 직감이었다. 천천히 걷다가 외벽에 상당히 큰 면적으로 발라진 시멘트를 보고 걸음을 멈추었다. 반듯하게 바른 게 아니라 덕지덕지 처발랐는데 이 부분만 불룩 튀어나왔다. 바로 옆 외벽에 검은색으로 무언가가 희미하게 쓰여 있었다. 자세히 보니 '40ft'라고 적혀 있었다. 40피트면 대략 12미터. 이 정체 모를 건물의 높이인 듯했다. 한 바퀴를 다 돌아봤으나 다른 정보는 적혀 있지 않았다. 건물 위쪽 외에는 달리 출입문이 없었다.

"해빈아, 잠시 드론 좀 줘봐."

내가 순순히 드론을 은서에게 건네자 정아 누나가 소리쳤다.

"주해빈. 너는 은서가 해달라는 건 생각도 안 하고 다 하는구나?"

"부장이잖아요. 부장 말은 따라야죠."

"언니, 제게 생각이 있어요."

은서가 드론을 호버링 상태로 두었다.

"우선 처음 찍기로 했던 기암절벽은 포기해요. 누가 찍은 걸 따라해봤자 무슨 의미가 있겠어요. 대신 여기를 찍자고요. 아무리 봐도 폼페이 같은 게 정말 느낌이 있어요. 어차피 우리에겐 이제 시간이 얼마 없잖아요. 오늘 길을 잃은 것도 이 마을을 찍으라는 신의 계시일지도 몰라요."

정아 누나가 한숨을 쉬었다.

"비 오는데 무슨 드론을 날려."

"이거 방수 드론이에요, 언니. 이 정도 약한 비는 괜찮아요. 일단 이 건물이 무슨 용도로 쓰였는지 한번 알아봐요."

"어떻게?"

내 말에 은서는 손으로 건물 꼭대기의 구멍을 가리켰다.

"저기로 드론을 넣어보는 거죠."

"그건 너무 위험해. 구멍이 너무 좁아."

"언니, 드론은 충분히 들어가고도 남아요. 제 조종 실력 정도면 쉽죠. 해빈아, 어때?"

"좋아."

"그렇다면 시작할게요."

은서가 조종기의 컨트롤러를 움직여 드론을 건물 꼭대기의 구멍 바로 앞까지 옮겼다.

"들어갈게요."

드론이 천천히 구멍 안으로 들어갔다. 드론에 부착된 카메라는 연직 아래 방향을 향해 있었다. 나와 정아는 조종기 위에 끼워놓은 휴대폰으로 드론이 송출하는 화면을 보기 시작했다. 입구 주변의 외벽에는 이끼가 끼어 있었다. 곧 건물 내부의 모습이 보였다. 내부는 텅 비어 있었고 외벽과 마찬가지로 아래로 내려갈 수 있는 사다리가 달려 있었다. 내벽의 사다리는 나름 멀쩡해 보였다. 내부 바닥에는 통조림과 녹슨 깡통, 수갑, 요강처럼 생긴 철제 항아리, 누렇게 변색된 이불이 보였다. 그리고……

그 옆에 상의가 찢겨 배가 훤히 드러난 중년 여자 한 명이 팔과 목이 기괴하게 꺾인 모습으로 바닥에 누워 있었다.

"꺄악!"

은서가 비명을 지르는데 화면이 어지럽게 흔들리기 시작했다.

"드론!"

정아 누나가 급히 외쳤지만 이미 늦었다. 드론이 벽에 부딪혔다. 화면 속 광경은 빙글빙글 돌다가 멈추었다. 드론이 바닥에 떨어진 것이었다. 하필 카메라는 바닥에 쓰러진 여자의 얼굴을 옆에서 제대로 비추었다. 살아 있는 인간이라면 절대 불가능한 각도로 목이 꺾여 있었다.

"아악!"

은서가 다시 비명을 지르며 조종기를 바닥에 떨어트렸다.

정적이 흘렀다. 우리는 몇 초간 아무런 말을 하지 않았다. 생각지도 못한 광경에 다들 놀란 것이었다. 우리가 본, 화면에 나오고 있는 이 여자는 분명.

"죽었어."

정아 누나의 말에 은서가 몇 발짝 뒤로 물러섰다.

"어떡해요? 경찰에 신고를……."

나는 휴대폰을 들여다보았다. 여전히 통화 불가 상태였다. 은서에게서 조종기를 건네받아 컨트롤러를 움직여봤지만 드론은 꿈쩍도 하지 않았다.

"여전히 통화 불가라 경찰에 신고는 못 해. 드론은 박살 난 것 같아."

"그러니까 내가 위험하다고 했지!"

정아 누나의 다그침에 은서의 표정이 완전히 울상이 되었다.

"죄송해요, 언니. 사람을 보고 너무 놀라서 컨트롤러를 세게 누르는 바람에……."

"은서 탓이 아니에요, 누나. 설마 안에 사람이 있을 거라고 누가 생각했겠어요?"

"그 사람이 시체가 되어 있으리라고는 더욱 생각 못 했지."

정아의 말에 은서가 손으로 얼굴을 감쌌다.

"하여튼 빨리 통화 가능한 지역으로 가죠. 지금 우리가 걷고 있는 길이 주도로 같으니 여길 계속 걷다 보면 뭔가 나올 거예요. 경찰에 신고도 하고 드론도 건져야 해요."

"그런데 저 여자는 저기에 어떻게 들어간 걸까?"

정아 누나가 사다리가 끊어진 부분을 가리키며 말했다.

"외벽의 사다리가 끊어진 건 꽤 오래된 것 같은데 여자가 죽은 건 얼마 안 됐어. 전문가가 아니라 확답은 못 하지만 말이야."

"죽은 지 얼마 안 됐다는 건 동의해요. 여자의 복부 부위가 아직 변색되지 않았거든요."

나의 말에 정아 누나의 눈썹이 꿈틀거렸다.

"변색?"

"보통 시체는 죽은 지 하루나 이틀이 지나면 부패가 진행되기 때문에 복부가 녹색을 띠어요. 아까 드론으로 봤을 때 여자의 복부에 초록색이 진하게 보이진 않았거든요."

"그래?"

"확실히 무언가가 안 맞네요. 절단면이 묘하게 반듯하다는 점도 마음에 걸리고요. 누군가 사다리를 자른 것 같잖아요."

"정리하면 누군가가 오래전에 사다리를 잘랐는데 여자가 죽은 지는 얼마 안 됐다는 거네."

"사다리는 어디로 간 걸까요?"

은서가 말했다. 다행히 시체를 보고 패닉에 빠지진 않은 듯 상태가 괜찮았다.

"사다리를 자른 사람이 치웠겠지."

"왜 자른 걸까요?"

내 물음에 정아가 어깨를 으쓱했다.

"글쎄, 사다리가 낡았기 때문이 아닐까? 올라가지 말라고."

"그런데 저 여자는 올라갔잖아요. 사다리가 잘린 다음에요."

"내가 말했잖아. 이상하다고."

"어쩌면 저와 누나의 생각이 틀렸을 수도 있어요. 여자가 올라간 후에 누군가가 사다리를 자른 거겠죠. 이미 녹이 슨 사다리를요."

"그게 과연 자연스러울까? 사다리를 자르면 여자가 못 내려오잖아."

"그건…… 여자가 올라갔다는 사실을 그 사람이 몰랐겠죠."

"왜 몰랐던 거지?"

"사다리가 낡았기 때문에 설마 누가 올라갈까 하고 생각한 거예요."

"그런데 그 여자는 낡은 사다리를 타고 올라갔어. 나름 위험을 무릅썼겠는데?"

"그 이유가 뭐냐는 거죠."

"아, 무엇을 가지러 간 거 아닐까요?"

은서의 말에 정아 누나가 고개를 흔들었다.

"건물 내부에는 별것 없었어. 그건 아닌 거 같은데."

"그럼 여자가 그 안에 들어간 뒤에 누가 그것을 가져갔다면요?"

"그건 말이 안 돼. 우선 그 사람도 외부의 낡은 사다리를 타고 올라가야 한다는 리스크가 있어. 중요한 건 그는 건물 안에 쓰러져 있는 여자를 놓아둔 채 그 물건을 가지고 다시 건물 밖으로 빠져나갔다는 뜻이 되는 거야. 왜 그런 거지?"

"음, 언니 말이 맞네요."

문득 무서운 생각이 뇌리를 스쳤다.

"일부러 여자를 놔뒀을지도 모르지."

내 말에 두 사람이 나를 쳐다보았다.

"왜?"

은서의 질문에 나는 고민하다가 대답했다.

"그 사람은 여자가 죽기를 원했던 거야."

내 말에 은서가 숨을 삼켰다.

"살인인 거야?"

"그건 모르겠지만 그는 여자처럼 외벽의 낡은 사다리를 위험을 무릅쓰면서까지 올라간 뒤 여자가 찾으려 했던 무언가를 가지고 다시 빠져나왔을 수도 있어. 쓰러진 여자를 그냥 놔두고."

"잠깐만, 좀 정리해보자."

정아 누나가 휴대폰의 메모 앱을 실행했다. 지금까지의 생각을 적어볼 모양이었다.

"먼저 여자가 죽은 지 얼마 안 됐다는 명제는 일단 참이라고 생각하자고. 몸이 기괴한 모양으로 꺾여 있긴 했지만 부패가 심하게 진행되진 않았어. 또 하나, 사다리의 절단면이 나름 반듯한 걸로 보아 누군가가 일부러 사다리를 절단했다고 봐도 될 것 같아. 이 두 명제는 대전제로 깔고 가자. 동의하지?"

"네, 언니."

"첫 번째 가설은 사다리가 잘린 지 오래됐다는 거야. 그런데 이러면 여자가 건물 안으로 들어간 방법을 설명할 수가 없어."

"그렇죠."

"그럼 두 번째 가설. 사다리는 잘린 지 얼마 안 됐어. 즉, 여자가 건물 안에 들어간 시점과 누군가, 편의상 '그'라고 말하자. 그가 사다리를 자른 시점이 시간 차이가 별로 안 난다는 거야. 아까네가 말한 것처럼 여자가 올라간 후에 누군가가 사다리를 자른 거지. 이미 녹이 슨 사다리를. 먼저 여자가 올라갔고 그도 따라 올라갔다고 해보자."

"그렇다면 좀 위험했겠는데요."

"아무래도 녹슨 사다리는 좀 불안하니까. 그러면 리스크를 안으면서까지 건물 안으로 들어가려 한 이유를 생각해봐야겠네."

"두 사람 각각의 입장에서요."

"먼저 여자가 무언가를 꺼내러 들어갔을 경우야. 그렇다면 그 무언가는 여자에게 꽤나 중요했을 수 있어. 하지만 우리가 드론으로 봤을 때는 별것이 없었어."

"그러고 보니 통조림이랑 이불이 있었는데 그건 뭘까요? 죽은 여자가 쓰진 않았을 테고. 누군가 거기서 살았던 흔적인지……."

"수갑이랑 항아리도 있었어."

은서의 말에 기억을 더듬어보니 분명 그랬다.

"그런 곳에서 누가 살겠어? 예전에 누군가가 버린 거겠지."

"누나의 말을 잇자면 그가 여자를 죽이고 무언가를 꺼내 갔을 경우가 있겠네요."

"그렇다면 그에게도 그 무언가가 중요했던 걸까?"

"그럴 수도 있지만 아닐 수도 있어요. 그가 리스크를 안으면서까지 이루려던 목적이 그냥 여자를 죽이려 했던 걸 수도 있죠. 그러고 나서 그 물건을 가져간 거예요."

"왜지?"

"그게 자신의 범행에 도움이 되기 때문이겠죠. 그 물건을 놔둔다면 자신이 범인으로 몰릴 가능성이 있던 건 아닐까요?"

"그건 좀 이상해."

"왜죠?"

"그는 여자와 함께 올라간 뒤 사다리를 잘랐어. 아무도 그 안을 들여다보지 못하게 하기 위함이었을 거야. 그 안에 뭐가 있든 상관없었다면 그랬을까?"

"그렇네요."

"그렇다면 그건 그에게도 중요했던 거야."

"그런데 왜 사다리가 녹슬 때까지 그 중요한 걸 그 안에 놔두었을까요?"

"으음. 처음엔 중요하지 않았어. 하지만 그가 살인을 저지른 후 그게 중요해진 거야. 다만 그 이유가 자신의 범행을 감추기 위함이 아니라, 자신이 저지른 '살인'이라는 행위 때문이었다면."

"그가 사다리를 잘랐다면 아무도 그 안을 볼 수가 없잖아요. 그가 살인을 저질렀다는 사실을 그 외에는 알 수가 없어요. 그렇다면 살인이라는 행위가 그에게 있어 생각을 바꿔야 할 만한 이유를 제공하기는 힘들 것 같은데요."

"살인은 매우 중대한 행위야. 그가 심리적으로 동요하다가 충동적으로 어떤 물건을 가져가버린 건 아닐까?"

"그게 뭘까요?"

"글쎄. 부적이라도 되려나."

"그곳에 과연 부적이 있었을까 하는 문제는 둘째치고, 그렇다면 여자 또한 리스크를 안으면서까지 그 부적을 가져가려 했다는 말이 되잖아요. 지금 우리가 세운 가설은 '여자가 가져가려 했던 것을 그가 가져갔다'이니까요. 만약 그 부적이 효험이 있다면 그런 곳에 방치되었을 리 없지 않을까요? 부적이 쓸모없다면 여자가 그걸 가져갈 이유가 없고요."

"으흠, 그런가. 정리해보자. 그가 여자를 죽인 후 무언가를 꺼내갔다고 했을 때 그에게도 그것이 중요했다는 가설은 설득력이 떨어진다고 봐도 될까? 그가 여자를 죽인 뒤에 그 물건이 필요해졌다는 가설은 방금 진행한 논의에 의하면 탈락. 정확한 목적은 모르지만 여자가 그 물건을 필요로 했던 이유와 남자가 그것을 필요로 한 이유가 만약에 같다면, 녹슨 사다리를 굳이 둘 다 올라갈 필요는 없을 것 같아. 한 명만 올라가면 되니까. 두 사람이 들어야 할 물건일 수도 있겠지만 그런 물건을 녹슨 사다리를 타면서 꺼내기엔 너무 위험하다는 걸 그 둘도 알았을 거야. 그렇다면 그에게는 그 물건이 중요하지 않았다는 건데, 만약 그랬다면 그냥 놔두고 갔겠지? 하지만 건물 내부엔 아무것도 없었어. 중요하지 않았는데 가져갔다는 가능성은 생각하지 말자."

"그러면 이제 어느 단계로 되돌아가서 생각해야죠?"

"그가 무언가를 꺼내갔다는 가설이 부정되었으니 여기서 다른 방향으로 생각해야겠지. 예를 들면 '그 무언가가 자연스럽게 사라졌다'."

"얼음처럼요?"

"그건 좀 웃긴데."

"아니면 음식일까요? 그 여자가 먹어서 사라진 거죠."

"여자는 죽었잖아. 먹었다면 그가 먹었겠지. 배가 고팠던 걸까? 아니, 부자연스러워."

"아."

은서가 외마디 소리를 내뱉었다.

"약은 어떨까요? 그 사람이 어딘가를 다친 거예요. 그래서 약을 꺼내러 가서……."

몇 초간 정적이 흐르다 정아 누나가 말했다.

"그럼 그 무언가가 자연스럽게 사라졌을 가능성도 배제되는 거네."

의견이 묵살되어 슬펐는지 은서가 입술을 비쭉 내밀었다.

"즉, 무언가가 있었다는 가설이 부정되는 거야. 그렇다면 여자는 왜 그런 리스크를 안으면서까지 건물 안에 올라가려 한 걸까?"

"누군가한테서 도망쳤다고 보긴 힘들겠죠? 나오기도 쉽지 않고요."

정아 누나가 갑자기 길바닥을 발로 걷어찼다.

"에잇, 몰라. 포기하자. 머리를 너무 써서 그런지 포도당이 부족한 거 같아. 이러다가 우리 다 죽겠어. 빨리 탈출부터 해야 돼."

"그러게요, 언니. 시험공부를 할 때도 그렇게까진 머리를 쓰지 않으셨잖아요."

"욕이지?"

"언니는 머리를 안 써도 시험을 잘 치니까 칭찬이죠. 헤헤."

머리를 안 써도 시험을 잘 친다니 그것 참 편하겠다.

잠깐.

"너 표정이 왜 그래?"

"누나. 사다리를 안 쓰고 건물 안으로 들어가면 참 편하겠어요. 그렇죠?"

"그런데 입구가 없었잖아."

"아까 누나도 봤을걸요. 외벽에 시멘트가 발라져 있던 거요."

"봤었지."

"혹시 그 자리에 출입문이 달려 있었던 건 아닐까요?"

"출입문?"

"누군가가 거길 시멘트로 메워버린 거죠. 사다리도 자르고요. 아무도 거기에 접근하지 못하게요. 여자가 사망한 시점보다 훨씬 전에 메운 듯했어요."

"예전이라면 아무런 상관이 없잖아."

"우선 대전제를 하나 더 추가해야 할 것 같아요. 여자는 추락한 거예요. 목과 팔이 그 정도로 기괴하게 꺾였다면 추락밖에 설명할 방법이 없어요."

"으음. 그런가."

"그리고 이 건물은 아마 저장고 용도로 쓰이지 않았을까 해요."

"저장고?"

"저장고는 1층에도 문이 있고 외벽에 사다리가 있으며 꼭대기에도 출입구가 있으니까요."

"저장고라 하면 역시 그 여성분이 무언가를 가지러 간 거야?"

은서의 말에 정아 누나가 고개를 저었다.

"무언가를 가지러 갔다는 가설은 아까 전부 부정됐어."

"그럼 무슨 이유일까요?"

"아, 그렇구나. 우리가 하나 더 잊은 게 있어요. 멍청했네. 정말 멍청했어."

"뭐야?"

"범인이 피해자와 어떤 식으로든 엮여 있다면 그건 오래되지 않았어요. 대전제에 의해서죠. 그런데 이 마을은 오래전에 황폐화가 된 걸로 보이잖아요? 늦었지만 이 또한 대전제에 추가하죠."

"그렇구나. 왜 굳이 여기까지 왔을까? 우리처럼 길을 잃진 않았을 테고."

잠깐. 이렇게도 생각할 수 있지 않을까?

"누나, 우리가 하나 놓친 게 있는 거 같아요. 어쩌면 여자는 떨어져서 죽은 게 아닐지도 몰라요."

"무슨 소리야?"

"죽은 채 떨어진 거죠."

"그렇다면 범인은 여자의 시체를 어깨의 들쳐 맨 뒤 녹이 슬어 있는 낡은 사다리를 타고 올라가 시체를 그 안에 던졌다는 거야?"

"그렇게 되겠죠."

"진심으로 하는 소리야?"

"그럼요."

"만약 그랬다고 쳐보자. 그는 왜 그렇게 귀찮은 짓을 했을까? 시체야 그냥 산속에 묻거나 바닷속에 던지면 되잖아."

"언니, 해보셨어요?"

은서의 물음에 웃음이 터졌다.

"그건 왜 물어?"

"너무 별것 아닌 것처럼 말씀하셔서요."

"해봤겠니?"

"그래도 한번 생각해볼 만한 것 같아요. 방금 누나가 제시한 의문의 해답이요. 그는, 범인은 왜 그런 귀찮은 짓을 했을까? 게다가 여긴 버려진 마을이에요. 왜 굳이 여기까지 와서, 또 굳이 저건물 안에다 시체를 유기해야 했을까요? 목적이 뭐였을까요?"

"우선 범인이 어떻게 여기까지 올 수 있었을까를 따져봐야겠어. 마을의 존재를 알고 있었다고 보는 게 자연스럽지."

"그렇구나! 범인은 마을 사람이에요!"

은서가 격양된 목소리로 말했다. 정아 누나가 말을 이었다.

"내가 하려고 했던 말이지만, 맞아. 계속 말하면, 범인에게 이 건물은 특별한 의미를 가지고 있어. 범인뿐만 아니라 이전에 여기 살던 마을 사람들에게."

"어떤 의미요? 일단 외관은 전혀 특별해 보이지 않는데요."

내 말에 정아 누나는 생각에 잠기는 듯 잠시 말이 없었다.

"글쎄. 저 건물이 마을의 시체 안치소였나? 그건 아니겠지."

"누나, 이렇게 생각해보는 건 어때요? 범인은 반드시 시체를 저 건물 안에 넣어야 했어요. 그렇지 않는다면 곤란한 상황에 부닥쳤던 거예요."

"그런 상황이 뭐지?"

"범인은 살아 있는 여자와 함께 이 마을에 도착했어요. 그런데 갑자기 의견 다툼이 생겼고, 어쩌다 보니 범인은 여자를 죽였어요. 범인에겐 시체를 처리할 여유가 없었어요. 왜냐면 곧 다른 누군가도 마을에 도착할 예정이었기 때문이죠."

"누군가는 누구야? 그 사람도 이 마을 출신인가?"

"마을 출신인지는 모르겠지만 범인과 여자가 마을에 방문한 목적과 같은 이유로 이곳을 찾아온 거예요. 도중에 사정이 생겨 살짝 늦어졌거나 했겠죠. 범인은 당황했어요. 빨리 시체를 처리

해야 하는데 사람이 한 명 더 오니까요. 땅에 시체를 파묻을 시간
적 여유는 없었어요. 당황하던 범인의 눈에 이 건물이 들어온 거
예요. 사다리가 녹슨 것 따위 신경 쓸 겨를이 없었죠. 재빨리 시
체를 건물 안에 집어넣은 뒤 사다리를 절단."

"그럼 그 절단한 사다리는 어디 있지?"

나는 어깨를 으쓱했다.

"그러게요."

"이 자리에 서서 우리끼리 열심히 생각해봤자 알아낼 수 있는
건 아무것도 없어 보이는데."

"언니, 그럼 우리 마을을 한번 둘러봐요. 마을에 대한 정보를
바탕으로 더 좋은 생각을 해낼지도 모르잖아요."

"과연 그럴까?"

"한번 둘러봐요, 누나."

은서의 제안대로 우리는 마을을 천천히 둘러보기로 했다. 다
행히 비는 그쳤다. 조금 걷자 가정집이 한 채 보였다. 철로 된 대
문은 잔뜩 녹이 슨 채 뜯겨 바닥에 쓰러져 있었다.

"여기도 시체가 있는 건 아니겠지?"

정아 누나의 말과 함께 우리는 조심스럽게 마당으로 들어섰
다. 마당에는 부서진 나뭇가지와 녹슨 깡통이 나뒹굴고 있었다.
현관문이 있었을 자리는 텅 비어 있었다. 안으로 들어가니 썩은
내와 함께 꿉꿉한 공기가 온몸을 덮쳤다.

"어우, 습해."

정아 누나의 말처럼 집 안 공기는 매우 습했다. 거실로 추정되는 공간에는 부서진 창의 유리 조각과 소파, 텔레비전 그리고 탁자가 쓰러져 있었다. 소파를 살짝 만져보니 축축했다. 하나뿐인 방 안에는 마찬가지로 깨진 유리 조각과 쓰러진 옷장 그리고 이불이 있었다. 이불 또한 축축하게 젖어 있었다.

집 안을 더 둘러본 우리는 밖으로 나왔다.

"얻은 건 아무것도 없네."

정아 누나가 허탈하다는 듯한 말투로 말했다.

"아니요. 얻은 건 있어요."

"뭘 얻었는데?"

그때 은서가 전방의 어딘가를 손으로 가리키며 소리를 질렀다.

"저기 집이 있어요!"

집이야 지금까지 많이 봐왔다. 사람이 없을 뿐이지.

"사람이 있다가 사라졌어요! 우리를 보고 있었는데."

은서가 가리킨 곳은 산의 중턱이었다. 확실히 집이 있었다. 우리는 마지막 힘을 쥐어 짜내 산을 올라가 집 앞에 도착했다. 안타깝게도 집은 매우 초라했다. 낡은 목재판을 얼기설기 붙여놓은 조잡한 집이었다. 손을 대면 무너질 것 같았다. 하지만 사람이 있다는 건 살길이 있다는 뜻 아니겠나.

"계세요?"

현관문 앞에서 정아 누나가 소리쳤지만 집 안에선 아무런 반응이 없었다.

"아까 그 사람은 어디로 사라졌어?"

"집 뒤쪽으로 갔던 것 같은데."

은서의 말에 우리는 집을 한번 둘러보기로 했다. 집 뒤편에는 나무판자와 장작과 나뭇가지가 쌓여 있었다. 나룻배와 물을 젓는 노 또한 보였다. 한 바퀴를 돌았지만 집 주변에는 아무도 없었다. 산 중턱이라 마을이 훤히 내려다보였다. 저 멀리 문제의 건물도 보였다. 그때 문이 열리며 인상이 푸근해 보이는 할아버지가 모습을 드러냈다.

"살았다!"

은서가 환호성을 질렀다.

우리는 사정을 설명하고 집 안에 들어가 꿀맛 같은 휴식을 취했다. 할아버지가 주는 물과 감자를 먹으니 이제야 좀 살 것 같았다. 20분쯤 지났을까. 은서가 다급하게 말했다.

"아, 할아버지. 큰일 났어요. 저기 있는 건물에……."

나는 재빨리 은서의 말을 가로막았다. 정아 누나가 놀라는 표정으로 나를 바라보았다.

"왜 그래?"

"할아버지, 이 마을에 언제부터 계셨어요?"

나는 정아 누나에게 대답하는 대신 할아버지에게 물었다. 할아버지는 잠시 대답을 망설이는 것처럼 보였다.

"평생을 살았지."

"그럼 이 마을에 대해 아주 잘 아시겠네요?"

"그런 셈이지."

"혹시 이 마을이 며칠 전까지 물에 잠겨 있었나요?"

내 말에 은서와 정아 누나가 괴성 같은 소리를 질렀다.

"무슨 소리야?"

"누나, 기억나요? 우리가 처음 이 마을에 들어섰을 때 누나가 발로 찬 거요. 마름 열매 말이에요. 그때도 말했지만 마름이라는 식물은 부엽성 수생식물이에요. 열매의 껍질은 잘 썩지 않아서 민물이었던 곳의 땅에서 자주 나오고는 해요. 그때는 그게 왜 여기 있는지 크게 생각하지 않았는데 다 이유가 있었어요. 이곳은 예전에 물에 담겨 있었던 거죠. 그리고 아까 마을에 있던 어느 집 안에 들어갔을 때 내부가 굉장히 습했잖아요. 소파도 젖어 있었고요. 그건 비가 왔기 때문이 아니라 마을 전체가 수몰되며 집 전체가 물에 잠겼기 때문이에요. 그리고 물은 어떤 이유로 순식간에 다 빠져나가버렸어요. 하루도 채 안 됐을걸요? 그래서 땅이 진흙으로 가득했던 거예요. 비가 왔기 때문이 아니라요."

"마을 전체가 수몰됐다면 물의 양이 엄청 많을 텐데 그 많은 양의 물이 어떻게 하루 만에 빠져나가?"

정아 누나가 물었다.

"싱크홀 때문이죠."

"싱크홀?"

"우리는 마을에 싱크홀이 생기는 바람에 마을 사람들이 떠났다고 생각했어요. 하지만 그게 아닌 거예요. 그들은 마을이 물에 잠기는 바람에 이곳을 떠난 거예요. 근처에 댐이 생겼겠죠. 그렇게 마을이 수몰된 후에 갑자기 엄청난 규모의 싱크홀이 여러 개 생겼고, 그곳으로 마을을 채웠던 물이 다 빠져나간 거예요."

"그게 하루 만에 가능하다고?"

"실제로 중국의 한 저수지에 거대한 싱크홀이 생겨 다섯 시간 만에 저수지 물이 모두 사라진 일이 벌어졌어요. 무려 25톤의 물고기와 함께요. 할아버지, 제 말이 맞나요?"

할아버지는 잠시 생각에 잠기는 듯했다. 말을 망설이는 것처럼 보였다.

"맞아. 두 눈으로 보고도 믿기지 않았지. 깜짝 놀랐어."

"이렇게 큰 규모의 싱크홀은 광산이나 터널 공사 같은 무리한 지하 개발 때문에 생겨요. 할아버지는 수몰된 마을을 두고 떠날 수 없어 여기에 집을 짓고 살고 계셨나요?"

"내 평생을 보낸 곳이야. 나는 여기가 아니면 살 데가 없어. 여기라면 마을이 훤히 내려다보여. 여기서 살다가 죽으려고 했지."

"그렇다면 할아버지는 보셨겠네요. 누군가가 배에 시체를 실어서 수면 위로 튀어나온 건물 안에다 집어넣지 않았나요?"

내 말에 정아가 비명을 질렀다.

"그게 무슨 뜻이야?"

"우리가 봤던 건물 꼭대기의 구멍 있잖아요. 바로 그 아래까지 물이 차 있었던 거죠. 드론을 집어넣을 때 봤잖아요. 입구 주변의 외벽에 이끼가 낀 것을요. 범인은 배로 건물 꼭대기의 입구까지

가서 그 안에다 시체를 집어 던진 거예요. 사다리는 마을이 수몰되기 전에 잘렸겠죠. 건물 1층의 출입문은 시멘트로 완전히 메웠기에 건물 내부에는 물이 차지 않았어요."

할아버지는 잠시 아무 말을 하지 않다가 입을 열었다.

"나는 아무것도 못 봤어."

"정말요?"

"그래."

"여기라면 수면 위로 튀어나온 건물이 훤히 보일 텐데요. 못 보기가 더 힘들지 않을까요?"

"정말 못 봤어."

"그렇군요. 그나저나 저희가 그 건물 안에서 시체를 찾았어요. 빨리 경찰에 신고해야 하는데 좀 도와주세요."

"큰일이구나."

"경찰을 불러주세요. 그리고 집 밖에 있는 배 말인데요. 경찰이 조사해야 할 거 같아요."

할아버지의 눈빛이 매서워졌다.

"왜지?"

"할아버지의 나룻배를 범인이 썼을 수도 있어요."

"왜 그렇게 생각하지?"

"나룻배에 남자의 머리카락이 있었거든요. 범인이 할아버지 몰래 그 배로 시체를 옮겼을 수도 있어요."

할아버지가 잠시 침묵하다 껄껄 웃었다.

"허허. 그건 내 머리카락이야."

"시체에서 빠져나온 것일 수도 있죠."

"그럴 리는 없어."

"어떻게 확신하시죠?"

"그야 방금 네가 남자 머리카락이라고 했잖니."

"할아버지는 시체가 여자라는 사실을 알고 계셨군요."

내 말에 할아버지의 광대가 굳으며 인상이 험악해졌다.

"그 여자는 할아버지가 죽인 건가요?"

"설마."

은서가 눈동자를 커다랗게 뜨고 할아버지를 쳐다보았다.

할아버지는 아무 말 없이 나를 노려보기만 했다. 방 안의 공기가 팽팽해지는 게 온몸으로 느껴졌다. 그가 우리를 입막음하기 위해 무슨 짓을 벌일지도 모르겠다고 생각한 순간, 할아버지의 얼굴에서 긴장이 풀어졌다.

"알았다니 어쩔 수 없구나."

"시체가 된 여자도 마을 사람이었나요? 왜 그런 짓을 벌이신 거죠?"

"그 건물은 예전에 곡식 창고로 쓰였는데 마을의 남자들이 거기에 어린 여자애를 가두었어. 정신이 오락가락한 애 말이야. 1년 전쯤."

"지체장애인이요?"

"남자들은 그 애에게 이불이랑 통조림을 던져주며 거기서 살게 하고 밖으로는 나오지 못하게 했어. 그러고는 그 애에게 몹쓸 짓을 했지."

드론으로 건물 내부를 봤을 때 분명 통조림과 이불이 보였다. 수갑과 요강처럼 생긴 항아리도 있었다.

"그러다 그 애가 죽었어. 사람들은 시체를 치운 뒤 사다리를 자르고 시멘트로 입구를 막아버렸어. 비밀로 하려고 한 거야. 그런데 그 여자가 이제 와 그걸 알아버렸어."

"어떻게요?"

"그 여자가 따라주는 술을 마시고 그만 술기운에 말해버렸거든."

"설마 할아버지도 그 남자 중 한 명……."

은서와 정아가 슬금슬금 뒤로 물러섰다.

"죽일 생각은 없었다. 그 여자는 자기 혼자 도망치다 산비탈에서 굴러떨어졌어. 내가 술기운에 말한 건, 가담한 것을 후회했기 때문이었어."

"시체는 왜 하필 건물 안에 넣으신 거죠?"

"처음엔 물에 빠트리려 했지만 시체가 물 위로 떠오를 것 같았어. 물속이라면 시체가 천천히 썩기도 하니까. 빨리 썩어서 사라졌으면 했어. 어쩌면 나에게 악귀가 씌었기 때문인지도 모르지. 내가 예전에 그런 끔찍한 짓에 가담했다는 사실을 나는 정말로 후회하지만, 실은 그 건물에서 또 한 번 여자가 갇혀 죽는 걸 나도 모르게 바랐는지도 몰라."

할아버지는 집 뒤편을 가리켰다.

"잘 보면 저쪽에 나무랑 풀숲 사이로 길이 있는데 거기로 가면 옆 마을이 나오니 그리로 가. 너희에게는 아무 짓도 안 할 테니 걱정 말고. 그래도 되도록 빨리 가는 게 좋을 거야. 내가 마음을 바꾸고 너희를 쫓기 전에."

*

그 후 우리는 할아버지가 말한 길로 빠져나와 통화가 가능한 지역으로 나왔고 곧바로 경찰에 신고한 뒤 무사히 살아서 집으로 복귀할 수 있었다. 마을에 생긴 거대한 싱크홀은 신문에 실렸다. 건물 속에서 발견된 여성의 시신, 그리고 한 할아버지가 스스로 목을 매달아 숨졌다는 소식과 그가 남긴 유서에 적혀 있는 마을의 추악했던 비밀까지 말이다.

40개의 뼈

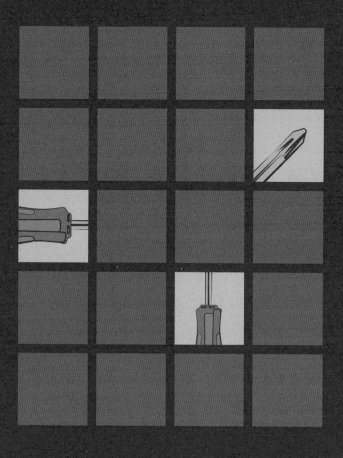

한새마

계명대학교 문예창작학과를 졸업했다. 「엄마, 시체를 부탁해」로 2019년 계간 『미스터리』 신인상을 수상했고 같은 해 「죽은 엄마」로 엘릭시르 미스터리 대상 단편 부문 대상을 수상했다. 장편 『잔혹범죄전담팀 라플레시아 걸』을 집필했고 『괴이한 미스터리: 저주 편』 『여름의 시간』 등에 공저자로 참여했다.

화구 문이 열렸다. 열기와 함께 스테인리스 받침대가 화구 밖으로 빠져나왔다. 화장장 직원들이 쇄모(刷毛)를 들고서 자잘한 수골을 받침대 가운데로 쓸어 모았다. 아이의 짧은 생을 반추하듯이, 그러모아 쥐면 두 손에 가득 차지도 않을 만큼 수골은 몇 개 되지 않았다.

　실종 8년 만이었다. 숲에서 발견된 건 고작 40개의 뼈뿐이었다. 뼈는 등산로에서 한참 떨어진, 산기슭의 커다란 바위 아래서 발견되었다. 버섯을 캐는 약초꾼들에 의해서였다. 100개가 넘는 나머지 뼈들은 여름 폭우 때마다 근처 계곡으로 쓸려 내려갔다는 게 경찰 쪽 의견이었다.

　희디흰 한지 위로 옮겨지는 수골을 보며 인서는 생각했다. 도대체 그 산속에는 왜 들어간 것일까.

중증 자폐아인 효재는 물을 좋아하지, 숲을 좋아하진 않았다. 수영할 줄 모르기에 그토록 물가에 가지 말라고 당부했지만 바로 옆에 엄마인 인서가 있어도 홀린 듯이 물로 향하곤 했다. 하지만 숲은 아니었다. 숲속 사진이 담긴 책을 펼쳐 보이며 여기가 산이야, 여기가 숲이야, 이게 바위, 이게 나무, 얘는 새야, 얘는 다람쥐, 하고 설명해도 효재는 등산로 입구에서부터 주저앉았다. 과체중이라 등산을 시키려 할 때마다 번번이 실패했다.

수골들이 한지에서 미끄러져 절구로 들어갔다. 효재의 뼈는 절반도 되돌아오지 못했는데, 효재의 실종 사건은 종결되었다.

인서는 화장장 직원에게서 절구를 받쳐 들었다. 아래쪽이 따듯했다. 뼈들이 여태 식지 않은 것이었다. 대리석 테이블 위에 내려놓고도 감싸 쥔 두 손을 뗄 수가 없었다. 직원이 절굿공이를 들고서 곁으로 다가오는 것도 모르고 중얼거렸다.

"도대체 산엔 왜 올라간 거니?"

남편 현우가 인서의 손을 붙잡았다. 현우의 손이 얼음장이었다. 인서는 화들짝 놀라며 얼른 손을 뺐다.

"계속 엄마만 찾았어."

퉁명스러운 현우의 말에 갑자기 속이 메슥거렸다. 인서는 구역질하며 밖으로 뛰쳐나갔다.

그래, 당연히 엄마만 찾았겠지.

건물 벽에 손을 짚고 토악질을 몇 번 한 뒤 소매로 입가를 닦았다. 검은색 상복에 흰 얼룩이 묻었다.

고통조차 잊게 하는 고통이 필요했다.

주위를 두리번거렸다. 마침 건물 옆 화단이 눈에 들어왔다. 화단에서 손에 잡히는 대로 커다란 돌을 집어 오른손 손등을 내리찍었다. 악, 소리가 입 밖으로 튀어나오려는 걸 어금니로 씹어 삼켰다. 흙과 피로 짓뭉개진 손이 파르르 떨렸다.

그때 바지 호주머니에서 휴대폰 진동이 느껴졌다. 떨리는 손을 상복 치맛단 안에 집어넣어 휴대폰을 꺼냈다.

'장례식에 참석하지 못해 죄송합니다.'

문자 발송인은 정록이었다. 곧이어 문자가 하나 더 날아왔다. 부의금 100만 원이 입금되었다는 문자였다.

8년 전 그날, 효재가 사라졌다는 전화를 받았을 때 인서는 정록과 함께 있었다.

정록은 언어치료사다. 효재가 다섯 살 때부터 열네 살 때까지 정록의 언어치료 센터를 다니며 치료받았다.

효재는 엄마라는 말조차 하지 못했던 무발화아(無發話兒)였다. 그런 무발화아에게서 '엄마'라는 말 한마디를 끄집어내기 위해서는 수십·수백 번 엄마, 엄마, 하고 말하는 시범이 필요하다. 하나씩 늘어가는 효재의 말속엔 늘 정록이 있었다. 인서가 정록을 마음에 품게 된 건 어쩌면 당연한 일이었다. 정록은 연민에서 시작했을지도 모르지만.

이미 남편인 현우와의 사이에서는 한 줌의 애정도 남아 있지 않은 상태였다. 다만, 이혼한다면 중증 자폐아인 효재를 평생 혼자서 돌봐야 한다는 두려움이 컸다. 그래서 둘 다 이 결혼이 파탄 난 걸 알면서도 이혼을 미루고 있었다.

하지만 효재가 실종되면서 모든 게 '일시 정지'되었다. 인서의 모든 시간과 일상이 '실종자 가족'이라는 이름에 묶였다. 현우와의 이혼은 떠올릴 수조차 없었고, 정록과도 두 번 다시 마주치지 않았다.

"괜찮아요?"

낯선 목소리에 인서는 고개를 들었다. 시멘트 바닥에서 반사하는 빛에 눈이 시렸다. 아니, 어쩌면 울고 있었던 건지도 모른다. 희뿌연 시야 사이로 블레이저 점퍼 차림의 중년 남자가 서 있었다.

"효재 어머님?"

이제는 아무도 '효재 엄마'라는 호칭으로 인서를 부르지 않았다. 효재의 실종 사건이 종결된 마당에 더더욱 그렇게 부를 사람은 없었다. 그래도 혹시나 몰라 머릿속으로 8년 전 효재가 다녔던 치료실의 남자 선생님들을 떠올렸다. 감각통합치료 선생님일까? ABA 행동 치료 선생님일까? 아니면, 재활 체육 선생님일까?

"누구신데 우리 효재를?"

인서도 오랜만에 입에 올린 아들의 이름이라 목에 걸렸다.

"하긴 참고인 조사 때 딱 한 번 뵈었죠? 못 알아볼 만도 하죠. 헤헤."

웃음 끝에 비열함이 배어 있었다.

"최필수 경장입니다. 아, 지금은 아니지만요."

당시 경찰은 실종된 효재를 찾는 것보다 수사의 방향을 가족들에게 맞췄다. 가족 모두 경찰서로 몇 차례씩 불려가 진술서를 쓰고 거짓말 탐지 검사를 받아야 했다. 허리를 다쳐 병원 신세를 지고 있던 시모도 예외는 아니었다. 경찰들이 병실로 몇 번이나 찾아왔었다. 타 도시에 있었다는 알리바이가 증명된 인서만 수사망에서 금방 벗어날 수 있었다.

"끝난 거 아니었어요?"

"그런가요?"

효재가 실족사했을 거라는 경찰 조사 결과에는 몇 가지 근거가 있었다. 우악산 큰바위는 등산로에서 한참 떨어져 있어서 80킬로그램의 거구를 짊어지고 올라갈 수 있는 곳이 아니었다. 효재가 거기까지 스스로 올라갔다고 생각할 수밖에 없었다. 그리고 남은 40개의 뼈 중에 금이 간 종아리뼈가 있었다. 길을 잃고 산속을 헤매던 효재가 큰바위에서 낙상 사고를 당했고 그 바람에 하산하지 못했을 거라고 경찰은 결론 내렸다.

"억울해서 말이죠."

최필수는 실실 웃으며 인서 옆에 쪼그리고 앉았다. 인서는 쪼그리고 앉은 자세로 한 걸음 떨어졌다.

"다들 나한테 추리소설 쓰고 앉아 있다고 난리였잖아요. 결국엔 제가 책임지고 옷을 벗어야 했고요."

실종이 장기화되면서 경찰의 초기 대응에 문제가 있었던 게 아니냐는 여론이 들끓었다. 결국 그 책임을 최필수가 떠안은 모양이었다.

"효재, 경비실에 맡기고 간 날이 11월 15일 아침이죠?"

인서는 입술을 깨물며 벌떡 일어났다. 중증 자폐아를 시모의 아파트 경비실에 맡겨두고 갔다는 사실이 알려지면서 인서 또한 주위의 엄청난 비난을 받아야 했었다.

친구 아버님 장례식에 가야 한다고 시모에게 분명히 말했는데, 시모는 외출 한 번 하기 힘든 인서의 사정을 뻔히 알면서도 집에 없었다.

정부에서 보조해주는 활동 보조 지원사를 구할 수 있었다면 인서도 아이를 경비실에 맡겨두는 짓 따윈 하지 않았을 것이다. 80킬로그램의 열네 살 중증 자폐아는 활동 보조 지원사들 사이에서도 기피 대상이었다.

"엄마 오늘 상갓집엘 가야 해. 할머니하고 있으면 엄마가 데리러 올게. 알았지?"

경비 아저씨에게 들리도록 인서는 일부러 큰 소리로 말했다.

둥근 어깨를 축 늘어뜨린 채 경비실 접이식 의자에 앉아 있던 효재의 모습이 기억 속 마지막 모습이었다. 어렸을 적부터 할머니 집에 들락거리며 봐왔던 경비 아저씨라서 그런지 효재는 그날따라 얌전했다. 그게 지금까지도 사무치게 미안했다.

인서는 화장장 건물로 성큼성큼 걸어갔다. 하지만 최필수의 말 한마디가 인서의 발목을 붙잡았다.

"당신 남편은 알고 있었습니다. 그날 당신이 누굴 만나고 있었는지."

인서가 몸을 획 돌려 최필수를 노려보았다.

"진실이 알고 싶지 않나요?"

최필수는 구깃구깃한 명함을 피 묻은 돌덩이 위에 얹어두었다. 그런 다음 주차장 쪽으로 내려갔다.

흙과 피로 범벅인 손으로 명함을 집어 들었다.

경찰 출신 1급 탐정 사무소, 마인드헌터 최필수

최필수의 태도는 아들을 잃은 엄마를 대하는 것치곤 무례했다. 최필수는 인서 또한 자신이 경찰복을 벗게 된 데에 책임이 있다고 생각하는 게 분명했다.

인서는 입술을 깨물며 다시 건물 안으로 들어갔다. 그새 아이의 뼈를 다 빻았는지 뼛가루가 절구에서 유골함 안으로 옮겨지고 있었다. 현우가 팔짱을 끼고 서서 그걸 지켜보고 있었다.

그날 상갓집에 간다는 건 거짓말이었다. 인서는 정록과 함께 남쪽 바닷가 도시로 1박 2일 비밀 여행을 떠났다. 현우와 신혼여행을 가고 난 이후로 처음 나서는 여행이었다. 효재가 자폐 판정을 받은 뒤로는 엄두도 못 내던 일이었다.

어느 날부터 효재는 센터에 가지 않겠다고 떼를 쓰더니 혼자 있고 싶다며 인서를 밀어내기 시작했다. 처음엔 당황했지만, 중증 자폐 아이들도 여느 아이들과 마찬가지로 성장한다는 걸 센터 상담사로부터 듣고 나서는 이해했다. 느리지만 사춘기도 오고 독립심도 생기고 반항도 한다는 것이었다. 이럴 때 '효재 엄마'에서 벗어나 취미든 공부든 자신만의 뭔가를 찾아보라는 조언도 들었다.

그 조언을 듣자마자 제일 먼저 떠오른 게 여행이었다. 혼자 가기엔 용기가 나지 않았는데, 마침 정록이 남쪽 바닷가 출신이라고 했던 말이 떠올랐다. '혼자 여행'을 준비 중이라며 이것저것 물어보다가 인서와 정록은 가까워졌다.

"한 줌도 안 되네."

싸늘한 현우의 말이 인서의 심장에 와 꽂혔다. 현우가 유골함을 받들었다.

"우리 효재 한 번만 안아보게⋯⋯."

유골함을 넘겨달라는 인서의 두 손을 무시하며 현우가 앞장섰다. 지난 8년 동안 효재를 놓쳤다는 죄책감이 남편을 빙하처럼 차갑게 만든 줄 알았다. 그런데 그게 아니었다. 어떻게 알았는지 모르겠지만 인서의 불륜 때문이었던 것이다.

인서는 현우의 뒤를 따라 화장장 입구에 세워놓은 장의버스 쪽으로 걸어가면서 최필수의 휴대폰 번호를 머릿속에 되새겼다. 최필수가 말했던 진실이란 게 뭔지 알고 싶어졌다.

주차장 담벼락 밑에 시모가 퍼질러 앉아 있었다. 검은색 상복 위에 하얀색 허리 견인기를 차고 있었다. 집을 뛰쳐나가려던 효재와 몸싸움을 벌이다가 디스크가 터진 거라고 했다. 두 차례나 허리 디스크 수술을 받았지만, 시모한테는 소용이 없었다.

시모는 검은색 한복 치맛자락을 허벅지까지 끌어 올리고서 치맛단을 붙잡고 펄럭거리고 있었다. 그러다가 내리막길을 내려오고 있는 인서 부부를 보자 갑자기 대성통곡을 했다.

"아이고, 불쌍한 우리 효재. 혼자서 얼마나 추웠을까, 혼자서 얼마나 배고팠을까. 아이고, 아이고, 내가 죽일 년이지. 허리가 분질러지는 한이 있더라도 애를 붙잡고 있었어야 했는데……."

지난 8년 동안 실종 전단지를 들고 매일같이 길을 나서는 인서에게 차라리 잘된 거다, 언제까지 장애아를 끼고 키울 생각이었냐, 그놈 팔자려니 생각하고 단념해라, 하고 막말을 퍼붓던 시모가 일가친척들 앞에서 돌변하자 인서는 어금니를 깨물었다.

"언니, 인명은 재천이라잖아요."

작은 시이모가 시모를 달랬다. 시모는 통곡하면서도 허리가 아픈지 에구구구, 에구구구 소리를 남발했다.

"천도재 올릴 때 밥 많이 해서 올리면 돼."

무속인인 큰 시이모가 퉁명스레 말했다.

"언니는 참, 무슨 말을 그렇게 매몰차게 해요? 옛말에 걸귀, 객귀가 제일 불쌍하다고 했어요. 그것도 8년이나 구천을 떠돌았으니, 쯧쯧쯧."

"너야말로 무슨 막말이니? 해마다 거하게 천도재 지내줬는데 걸귀, 객귀가 거기서 왜 튀어나와?"

같은 미용실을 다녀서 시모와 시이모들은 같은 머리 모양을 하고 있었다. 세 자매는 얼굴도 닮아서 셋이 모여 앉아 있으면 누가 누구인지 분간하기도 힘들었다. 넙데데한 얼굴에 크고 툭 튀어나온 두 눈, 긴 인중과 얇고 길게 찢어진 입술. 세 자매가 모여 있을 땐 온천 속 일본원숭이들을 보는 것 같았다.

한때 사이가 좋았던 세 자매는 8년 전 효재의 실종 이후로 자주 다투었다. 시모가 경비실에서 효재를 데리고 찾아간 곳이 큰 시이모의 집이었던 것이 화근이었다.

자매 사이가 너무 돈독해 노후를 함께하기로 하고 작은 시이모부가 고향인 청학면에 세 채의 황토집을 짓는 중이었다. 그중에 한 채가 완공돼 작은 시이모네가 먼저 들어가 살고 있었다.

무속인인 큰 시이모는 인근 마을인 옥계면에 2층짜리 단독주택에서 살았는데, 1층에 신당을 차려놓고 점집을 운영하고 있었다. 그 집을 처분하여 공사 대금으로 주겠다고 작은 시이모네와 약속했었다. 그러다 효재의 실종 사건 때문에 경찰들이 들락거리자 전과자였던 동거남 최씨가 큰 시이모의 전 재산을 들고 튀었다. 하지만 무슨 이유 때문인지 큰 시이모는 동거남 최씨를 경찰에 신고하지 않았다. 어쨌든 그 바람에 황토집 공사는 중단되었고 작은 시이모부는 큰 빚을 떠안게 되었다.

시댁 식구들은 이 모든 사달이 효재 때문이라며 원망했다.

시모는 허리 디스크로 몇 년 동안 병원을 들락거렸고 8년 전 경찰 조사도 병실에서 받았다. 그때도 에구구구 앓는 소리만 냈을 뿐 뭐 하나 시원하게 말해준 게 없었다. 오갈 데 없어진 큰 시이모는 간병인을 자처하며 시모 곁에 줄곧 붙어 있었다.

인서가 물병에 물을 받아 들고 가다가 병실에서 두 사람이 주고받는 말을 들은 적이 있었다.

"그 귀신이 너한테 들러붙었나 보다. 너도 병굿만 하면 나을 텐데."

"언니, 제정신이야? 지금 나까지 잡으려고 그래?"

병실로 들어오는 인서의 인기척에 두 사람은 입을 다물었다. 살기등등하게 큰 시이모를 노려보는 시모의 눈빛에서 두 사람의 관계가 틀어졌음을 직감했다. 하지만 지낼 곳이 없었던 큰 시이모는 시모의 아파트에 들어가 살 수밖에 없었다. 집 안에 작은 신당을 차려놓고 아침저녁으로 독경을 외워서 큰 시이모와 같이 못 살겠다는 시모의 하소연이 끊이질 않았다.

보다 못한 현우가 시모의 아파트는 큰 시이모에게 세놓고 시모를 집으로 모시자고 했지만 인서는 허락하지 않았다. 효재가 다섯 살 넘도록 말 한마디 못하는데도 병원엘 데려가지 못하게 한 사람이 시모였다. 누구 앞길 망치려고 병원에 가서 진단을 받으려고 하냐, 그거 다 기록에 남는다, 차라리 병굿을 받자, 내가 치성으로 빌어 얻은 귀한 손을 네가 교회에 데리고 다녀서 저렇게 된 거다, 서양 귀신을 떼어내야지 말문 트인다……. 효재는 아홉 살 때까지 기저귀를 차고 다녔는데 그런 손주 녀석 기저귀 한 번 치워준 적이 없던 시모다.

서로 으르렁대다가도 인서가 나타나면 시댁 식구들은 공모자들처럼 뭉쳤다. 예전에 종종 인서의 편을 들어주기도 했던 현우까지 이 모든 일을 효재와 인서의 탓으로 돌렸다.

자신을 노려보는 시댁 식구들의 시선을 무시하며 인서는 아무 말 없이 장의버스에 올랐다. 자리에 앉아서 밖을 내다보니 유골함을 든 채로 현우가 시모를 달래고 어르는 게 보였다. 그러다 시모, 큰 시이모, 작은 시이모 그리고 현우까지 갑자기 버스 쪽으로 고개를 돌렸다. 인서와 시선을 마주치자 그들은 일제히 입을 앙다물었다.

"엄마."

옆구리를 찔린 듯이 화들짝 놀라며 인서는 소리 나는 쪽으로 쳐다보았다. 딸 효민이었다. 비쩍 마른 몸에 검은 상복을 거푸집처럼 뒤집어쓰고 있었다.

올해 스물네 살인 효민은 대학교에서 박사과정을 밟고 있었다. 인서는 차마 입 밖으로 내지는 못했지만, 효민을 볼 때마다 드는 생각이 있었다. 조금만 나눠주지, 그렇게 똑똑한 거 조금만 네 동생에게 나눠주지.

"효재, 진짜 산에서 발견된 거야? 진짜야?"

효민은 뭔가를 잔뜩 기대하는 표정이면서 금방이라도 울음을 터트릴 것 같은 괴상한 얼굴을 하고 있었다.

도대체 거긴 왜 간 거니?

계속 엄마만 찾았어.

마음속에서 몰아치는 질문과 현우의 싸늘한 말이 심장을 후벼 팠다. 인서는 대답 없이 고개를 돌렸다.

차창에는 며칠 전에 내렸던 비로 뿌연 얼룩이 비늘처럼 붙어 있었다. 빗물 자국과 겹친 인서의 얼굴이 푸석했다. 얼룩만 가지고 사라진 진실을 알아낼 수 있을까. 차필수가 자신만만하게 말했던 진실은 뭘까.

8년 전에 최필수 경장이 강력하게 내세웠던 가설은 현우에 의한 교통사고 사망설이었다.

효재의 실종 신고가 접수된 건 밤 11시 무렵이었다. 경찰은 옥계면 전체를 샅샅이 뒤졌다. 나중에는 백여 명의 인원을 동원해 인근 우악산 일대를 수색하기도 했다. 그러는 와중에 최필수 경장이 큰 시이모네 마당에 주차되어 있던 현우의 차량을 조사했고 카니발 상향등이 깨져 있는 걸 발견했다. 깨진 플라스틱 조각 사이에서 섬유 조각이 나왔고 뒷좌석에선 핏자국도 나왔다. 섬유 조각은 그날 효재가 입고 나간 옷과 같은 소재였고 뒷좌석 피는 효재의 DNA와 일치했다. 수색은 중단되었고 모든 수사의 방향이 현우에게 맞춰졌다.

효재는 낯선 공간에 대한 불안도가 높아 쉽게 공황 상태에 빠지곤 했다. 그리고 공황 상태에 빠지면 진정될 때까지 자해하며 날뛰었다. 그럴 때면 효재의 덩치와 힘에 밀려서 아무도 말릴 수가 없었다. 불안한지 남편의 카니발 차량에도 오르지 않으려고 해서, 하는 수 없이 어린이집 차량처럼 노랗게 도색했을 정도였다. 길을 잃고 헤매던 효재가 아빠의 노란색 카니발을 보고 기뻐서 달려들었던 건 아닐까? 저녁 7시만 되어도 깜깜해지는 11월의 시골길이었다. 가로등도 몇 개 없는 시멘트 농로에서 차를 몰던 현우가 차 앞으로 뛰어드는 효재를 보고 미처 피하지 못했던 건 아닐까? 인서도 경찰의 가설에 동조할 뻔했다. 효재의 CCTV 녹화 영상이 나타나기 전까지는.

"곧 출발하니까 자리에 가서 앉아."

버스에 올라탄 현우가, 무슨 말을 하려고 쭈뼛거리고 있는 효민을 다그쳤다. 효민이 마지못해 뒤쪽 자리에 가 앉았다. 인서는 자신과 떨어져 앉는 현우를 노려보았다.

실종 수사가 보름 정도 답보 상태였을 때 이웃 농막에 설치되어 있던 구형 CCTV에 효재가 찍혀 있는 녹화 영상을 범죄 시사 프로그램에서 방영했다. 해 질 녘 어스름에 얼굴은 정확히 찍히지 않았지만, 체형과 옷차림이 효재와 일치했다. 큰 시이모의 집을 등지고 농로를 휘청휘청 걸어가고 있는 모습이었다. 현우는 그 시각에 직장인 식자재마트에서 일하고 있었다.

실종이 장기화되면서 경찰이 수사 초기부터 아이 아빠에게 표적 수사를 한 게 아니냐, 소설에서나 볼 법한 이야기로 뒤집어씌운 게 아니냐, 하는 언론의 질타가 쏟아졌다.

"에구구구, 죽겠다."

시모는 큰 시이모의 부축을 받고서 겨우겨우 버스에 올랐다. 모두 착석하자 누가 시키지도 않았는데 버스 안에는 천수경 법가가 울려 퍼졌다. 무속인 출신의 큰 시이모가 선창한 게 틀림없었다. 나지막한 법가는 끊어질 듯 이어지며 구역질 나도록 계속 되었다.

 살면서 딱 한 번, 딱 한 번 효재를 홀로 남겨둔 거였는데 그 대가가 너무나도 컸다. 참고인 조사 때 인서는 혼자 바닷가에 여행 갔다고 우겼다. 하지만 탐문 조사로 결국 정록의 정체가 탄로 나고 말았다. 아이를 찾아달라고 매달려야 할 판국에 불륜 사실을 비밀로 해달라고 빌었다. 애를 경비실에 갖다버린 나쁜 엄마라고 남들의 질타를 받아도 쌌다. 스스로가 한심하다 못해 경멸스러웠다.

 납골당 앞에 버스가 섰다. 효민이 일어나 인서의 좌석을 스쳐 지나갔다. 가뜩이나 강파른 몸이 오늘따라 더 야위어 보였다. 맨 먼저 내린 효민이 납골당 앞에 서서 손차양을 만들어 이마에 갖다 댔다. 쇠꼬챙이 같은 몸에 상복 치마를 홀쳐맸는데 이상하게 윗배만 도도록했다. 효재를 임신했을 때가 생각났다. 6개월을 넘겨도 입덧이 사라지지 않아서 아무것도 못 먹고 저렇게 비쩍 말랐었지, 윗배가 동그래서 다들 아들일 거라고 했었지, 하고 생각하다가 인서는 손으로 입을 막았다. 설마 효민이가?

 뭐든 혼자서 잘하는 효민이었다. 14년은 중증 자폐아인 효재를 돌보느라, 지난 8년은 실종된 효재를 찾느라 인서는 효민에게 조금도 신경을 쓰지 못했다. 학교 졸업식에도, 입학식에도 효민은 늘 혼자였다. 그런데도 지금껏 싫은 내색 한번 내비친 적 없던 착한 딸이다. 그동안 너무 무심했구나, 또 다른 자책감이 심장을 짓눌렀다.

버스에서 내려 유골함 안치실까지 걸어가면서 인서는 말없이 효민의 손을 잡았다. 효민이 깍지 낀 인서의 손을 슬쩍 내려다보더니 상처에 흠칫 놀라 어깨를 움츠렸다. 하지만 곧 모든 걸 이해했다는 듯 어깨에서 힘을 뺐다.

"집에 한번 데려와."

효재의 유골이 발견되고 실종 사건이 종결되느라 어수선한 집 안에 결혼할 남자를 데리고 올 수 없었을 것이다. 인서의 말을 알아들은 건지 효민이 고개를 저었다.

"그럴 자격 없어."

도대체 어떤 놈이길래, 하고 튀어나오려는 말을 인서는 억지로 삼켰다. 자격 운운할 처지가 못 되는 사람이 바로 자신 아닌가.

내가 죽으면 효재는 누가 돌봐줄까, 시댁 식구들과 현우는 못 믿겠고 효민에게 효재를 맡겨야 하나, 근심에 사로잡혔던 때가 있었다. 나중에 효민의 예비 시댁이 중증 자폐아인 동생을 문제 삼지나 않을까, 하는 고민도 했었다. 그래서 인서는 결심했다. 평생 행복하게 지내다가 살날이 얼마 남지 않게 되면 효재와 함께 죽으리라.

하지만 어느 날 갑자기 교통사고 같은 불의의 사고를 당하게 되면 어쩌지? 효재 혼자 남게 되면 어쩌지? 그래서 인서는 어디를 가나 효재와 함께했다. 혼자서는 마트도 가지 않았다. 그랬는데, 처음이자 마지막으로 그 결심을 깨뜨렸던 게 그날의 비밀 여행이었다.

불안했던 인서는 여행 하루 전날 효민에게 문자를 넣었다.

'효민아, 엄마 상갓집 가야 해서 부산 내려간다. 혹시나 나한테 무슨 일 생기면 네가 효재 엄마야. 알았지?'

생각해보니 그날 효민은 처음으로 인서에게 어린애처럼 투정을 부렸었다.

'싫어, 싫어, 싫다고! 나도 엄마가 필요해. 근데 왜 내가 효재 엄마가 돼야 해? 평생 남의 짐만 될 녀석은 그냥 죽어버렸으면 좋겠어!'

효민의 문자를 확인한 건 실종된 효재 때문에 식구들이 경찰에게 들볶이고 있을 때였다. 인서는 뒤늦게 읽은 문자로 기숙학교에서 공부하고 있을 딸아이를 야단치고 싶지 않았다. 자신은 엄마 자격조차 없는 사람이니까. 지금도 효민에게 뭐라고 해야 할지 답을 찾을 수가 없었다.

인서와 효민은 안치실까지 손을 잡고 들어갔다. 현우가 유골함을 안치실에 넣었다. 작은 스냅 사진 액자와 평소 좋아했던 노란 자동차 미니어처도 함께 넣어줬다.

인서는 효민의 손을 놓고 안치실 유리문을 쓸어내렸다. 등 뒤에서 풀썩 쓰러지는 소리가 들렸다.

"미안해. 진짜 미안해. 미안해, 미안해, 미안해……."

효민이 쪼그려 앉아 오랫동안 오열했다. 현우와 시댁 식구들도 효민을 따라 울기 시작했다. 인서만 표정 없이 유골함을 바라보고 있었다. 돌아온 게 고작 40개의 뼈뿐이어서일까. 효재가 아직도 우악산 기슭을 헤매고 다니는 것 같았다. 실종 사건이 종결됐다는 게 실감이 나지 않았다. 울어야 하는데 눈물이 나지 않았다. 미안하다고 말해야 하는데 입술이 떨어지지 않았다.

정록과의 하룻밤. 그날 인서는 제 속에서 불타오르는 무언가를 느꼈고 그게 효재를 향한 살의로 바뀌는 걸 깨달았다. 한순간이었지만 제 배 아파 낳은 자식이 죽길 바랐다. 그 애가 죽는다면 모든 걸 다시 시작할 수 있을 것만 같았다. 하지만 효재는 실종되었고 그날부터 모든 게 유예되었다. 정록에게 품었던 마음도, 현우와의 이혼도, 효민에게 해야 할 엄마 노릇도, 죄책감도 슬픔도 아픔도 모두.

"밥 먹고 가자. 추모공원 근처에 진짜 잘하는 보리밥집 있다."

한바탕 울고 났더니 개운해졌다는 표정으로 시모가 대뜸 말을 꺼냈다.

"아, 거기? 상째로 들어왔다가 나갔다가 하는 곳?"

"좋지. 집에 가서 또 밥할 힘 없다."

시이모들이 시모의 말에 맞장구를 쳤다. 현우가 마지못해 고개를 끄덕이자 효민이 도끼눈을 뜨고 대들었다.

"진짜 다들 너무하시는 거 아니에요? 여기까지 와서 무슨 밥타령이에요?"

"산 사람은 살아야지, 언제까지 울고불고하란 말이야?"

인서는 시모의 말에 화가 나지 않았다. 먹고 사는 일이 인정머리 없고 비루해 뵈는 건 죽음의 곁에 있을 때뿐이다. 시댁 식구들은 효재의 죽음을 받아들인 것이었다.

"그만, 다들 제발 그만해요!"

현우가 소리를 꽥 지르자 다들 입을 다물었다.

"공원 근처에서 내려드릴게요. 뒷정리는 저 사람하고 둘이서 하면 되고요."

그러나 시모와 시이모들이 버스에서 내릴 때 인서도 따라 내렸다. 그런 인서를 보고서 현우는 한숨만 푹 내쉴 뿐 아무 말 없이 버스를 출발시켰다.

"너도 우리하고 같이 가게?"

인서는 미심쩍은 표정을 짓는 시댁 식구들을 노려본 뒤 등을 돌렸다.

"애초에 상충살이 껴서 너하고 안 맞는다고 했잖아."

"끝까지 결혼 반대할 걸 그랬어."

인서의 등 뒤로 뾰족한 말들이 꽂혔다.

늦은 저녁 시간이었다. 의구심으로 가득 찬 인서의 마음처럼 하늘이 붉게 타오르고 있었다. 더 늦기 전에 전화를 걸어야겠다는 생각에 아무 커피숍이나 들어가서 휴대폰에 최필수의 전화번호를 눌렀다. 헤헤거리며 당장에 이쪽으로 오겠다는 최필수의 반응이 수상스러웠다.

속에 입고 있던 바지와 티셔츠가 땀에 흠뻑 젖어서 인서는 화장실로 가 상복부터 벗었다. 봄이라 일교차가 컸다. 등골이 서늘했다. 갑작스러운 한기에 몸이 떨려왔다. 두 팔로 제 몸을 꽉 껴

안는데도 떨림이 가라앉지 않았다.

화장실에서 나왔더니 통유리창 너머에 서 있는 최필수가 보였다. 치익, 일회용 라이터를 당기자 음흉하기 짝이 없는 면상이 잠시 환해졌다가 어두워졌다. 밖은 벌써 밤이었다.

최필수가 맞은편 의자에 앉자마자 인서는 떨리는 목소리를 애써 누르며 물었다.

"남편이 제가 그날 누굴 만났는지 알고 있었단 말은 뭐죠?"

"공범들이 서로에게 죄를 떠넘길 때 제일 먼저 뭐라고 하는지 압니까? 상대방을 깎아내립니다. 도덕적으로 흠집을 내죠. 평소에 술버릇이 나빴다, 동물을 학대했다, 돈을 빌려가서 잘 갚지 않는다 등등."

호주머니를 뒤적거리길래 뭔가 중요한 단서라도 테이블에 올려놓으려나 했는데, 최필수가 꺼낸 건 구깃구깃한 담뱃갑과 낡은 가죽 지갑이었다.

"저한테 죄를 뒤집어씌우려고 남편이 절 흠집 냈단 말인가요?"

"그때 직감했죠. 애가 실종된 이유를 묻는데 아내 불륜 얘길 꺼내다니 수상한데 싶었죠."

하긴 현우가 알려고만 들면 얼마든지 알 수 있었다. 인서는 지금까지도 스마트폰을 잠가놓지 않았으니까. 정록과 주고받은 문자들을 우연찮은 기회에 현우가 봤을 수도 있었다.

"효재 아빠한테는 알리바이가……."

"수사란 말입니다. 처음부터 단서들이 딱딱 맞아떨어져서 하나의 가설이 완성되는 게 아닙니다. 어떤 때엔 전혀 생각지도 못했던 곳에서 퍼즐 한 조각이 튀어나오기도 하고 또 어떤 때엔 다 맞춰놓고 보니까 전혀 다른 두 개의 퍼즐일 때도 있고."

"그래서 지금 무슨 말을 하고 싶은 거죠?"

"나한테 맞지 않는 퍼즐 조각 몇 개가 있어요. 그중 하나가 효재 군이 찍힌 CCTV였죠. 분명히 안현우 씨 차량에서 찾은 흔적은 효재 군을 차로 쳤다는 걸 의미하거든요. 그런데 효재 군이 CCTV에 찍힌 16일 저녁 6시쯤에 안현우 씨는 직장에 있었다는 확실한 알리바이가 있었죠."

농막에 찍힌 CCTV 영상은 실종 신고를 한 지 2주나 지났을 때 나타난 증거였다. 그 2주 동안 경찰은 가족들을 살해·유기범으로 몰아 괴롭혔다. 지금까지도 현우가 중증 자폐아인 친아들을 차로 치어 죽였다고 아는 사람들도 있다. 그래서 현우는 직장도 몇 번이나 옮겨야만 했다.

"15일에 백인서 씨가 효재 군을 경비실에 맡겨놓고 가신 뒤 할머님이 와서 효재를 옥계면으로 데려갔습니다. 그날 밤에 안현우 씨가 옥계면으로 왔고요. 나는 15일에 거기서 무슨 일이 벌어졌다고 생각합니다. 16일이 아니고요. 15일에 어쩌다가 안현우 씨가 효재 군을 차로 쳤다고 생각해요. 종아리뼈에 금이 간 것도 실족 때문이 아니라 교통사고 때문이고."

치성으로 빌어 태어난 귀한 손을 애 엄마가 교회에 데리고 다녀서 서양 귀신이 들었다, 병굿을 해야 낫는다, 병굿을. 시모와 큰 시이모가 입에 달고 살던 말이었다. 혹시 15일에 효재를 데려다가 시모와 시이모들이 병굿을 벌인 게 아닐까. 그래서 그걸 견디지 못해 뛰쳐나온 효재가 현우의 노란색 카니발을 보고 뛰어든 게 아닐까.

"효재를 당장에 병원으로 데려가지 않은 건 아동 학대 신고를 피하고 싶었던 건지도 모르죠."

인서는 최근에 봤던 기사를 떠올렸다. 병굿을 받던 지적장애 여아가 물고문과 몽둥이찜질로 사망하게 됐다는 내용이었다. 효재에게 병굿을 벌였다면 시모와 큰 시이모는 그걸 감추고 싶었을 것이다. 멍투성이 효재를 현우가 차로 치기까지 했다면…….

"그래서 16일에 안현우 씨는 알리바이를 만든 겁니다."

계속 엄마만 찾았어.

현우는 직접 들은 것처럼 말했다. 엄마만 계속 찾았다고, 그래서 엄마 찾으러 뛰쳐나간 거라고.

"16일까지 살아 있었던 효재 군이 어딘가에서 탈출해 농막 앞을 지나가는 바람에 사건은 더 꼬이게 된 거예요. 조금만 더 안현우 씨를 쪼았으면 자백했을 텐데 아까웠죠."

차필수는 손에 잡은 뭔가를 놓치기라도 한 듯 두 손을 주먹 쥐고 검지와 엄지를 문질러댔다.

엄마인 인서도 한순간이었지만 효재가 사라지길 바랐다. 그동안 효재의 치료비와 교육비를 감당하느라 주말에도 쉬지 않고 일해왔던 현우라고 그런 마음을 먹지 않았을 거라는 보장은 없다. 하지만 한순간의 살의는 품었을지언정 죽이려고 하진 않았을 것이다. 인서 자신처럼 말이다.

"그리고 두 번째 퍼즐 조각은 효재 군 누나인 효민 양입니다."

예상치도 못한 이름에 인서는 숨을 크게 들이쉬었다.

"15일에 다니던 기숙학교에 자퇴서를 냈고 16일에 집으로 돌아갔더군요."

몰랐던 일이었다. 15일 아침에 인서는 상갓집에 간다는 문자를 효민에게 보냈다. 아니, 그것보다 장학생으로 다니고 있던 기숙학교에 자퇴서를 냈다니. 딸아이에 대해서 알고 있는 게 아무것도 없었다.

"16일 옥계면, 상하차 버스 CCTV를 전부 뒤졌더니 효민 양이 찍혀 있는 영상을 발견했습니다. 6시 10분쯤에 옥계면 버스 정류장에서 내렸더군요. 그러고는 20분 뒤 버스 정류장에 다시 나타났어요. 추적했더니 집이 아니라 기숙학교로 돌아갔더라고요. 상행선 버스 CCTV만 조사하다가 뒤늦게 발견한 거죠. 효민 양에 관한 인상착의를 전달받지 못했기 때문이기도 하고, 후에 효재 군 누나라는 걸 알고 학교로 찾아갔을 땐 수사 방향을 잘못 맞춘 걸로 여기저기서 두들겨 맞고 있었죠. 용의자로 특정한 것도 아닌데 미성년자인 효민 양의 CCTV 영상을 함부로 오픈할 수도 없었고요."

갑자기 최필수가 활짝 웃었다.

"하도 소설을 쓰고 앉아 있다는 비난을 들어서 그런가, 나도 한번 추리소설을 써봤죠. 그랬더니 효민 양과 효재 군이 중간쯤에서 만나는 장면이 써지더란 말입니다."

인서의 머릿속에도 그 끔찍한 장면이 선명하게 떠올랐다.

오랫동안 부모님의 관심을 받지 못한 효민은 기숙학교를 그만둬서라도 애정을 갈구하고 싶었을 것이다. 아빠와 동생과 할머니까지 모두 옥계 신당에 가 있다고 해서 효민도 신당으로 갔다. 그러는 도중에 효재와 마주쳤다. 어디서 쥐어 터졌는지 효재의 몰골이 말이 아니었을 것이다. 보살펴주려고 했는데, 공황 상태였던 효재는 공격성을 드러냈다. 머리끝까지 화가 났던 효민은 소리를 질렀다.

꺼져, 꺼지라고! 내 눈앞에서 사라져!

휘두르던 효민의 손가락이 가리킨 곳이 우악산이었을까. 제 말을 못 알아듣고 서 있는 효재 때문에 화가 머리끝까지 치밀었던 효민이 효재를 움직이게 할 마법의 단어를 말한 것일까.

인서는 고개를 세차게 흔들었다. 효재가 그토록 싫어하던 산을 다친 다리로 기어 올라간 건 현우의 말마따나 엄마를 찾기 위함이었으리라. 하지만 산속에서 엄마가 기다리고 있다고 효민이 말해줬을지도 모른다는 상상은 지나치다.

오염된 땅에서 자란 나무처럼 효민이 비쩍 말라가기 시작했던 게 그즈음부터이긴 했다. 딸아이의 가슴속에 묻은 비밀이 납덩이로 변해 오장육부를 파랗게 중독시키고 있는 것일까. 그럴 자격이 없다고 한 건 남자친구를 가리키는 것이 아니었을까. 제대로 된 가정을 꾸리고 행복하게 살 자격이 자신에겐 없다는 뜻이었을까.

"백인서 씨 표정을 보니까 뭔가 짐작 가는 구석이 있나 본데요?"

식구들 모두 다 조금씩 살의를 품었다.

그러므로 식구들 모두 다 조금씩 살인자다.

"어때요? 한 천만 원 정도면 적당한 거 같은데?"

뜯어갈 돈을 생각하니 최필수의 입이 귀에 걸렸던 것이었다. 인서는 냉정한 어투로 말했다.

"효재 실종 사건은 이미 종결됐잖아요. 그런데 그깟 퍼즐 조각 몇 개로 경찰이 재수사할 것 같아요?"

이번엔 최필수가 큰 소리로 낄낄거렸다.

"경찰에서 쫓겨난 나도, 주위에서 비난받은 당신도, 아들 죽인 살인자로 낙인찍힌 안현우 씨도, 다들 퍼즐 조각 몇 개 때문 아니었나?"

인서는 700도 이상의 화염 속에서도 타지 않았던 아이의 수골을 떠올렸다. 40개의 뼈만으로 효재의 실종 사건은 종결되었다. 길고 길었던 죽음의 유예도 끝났다.

"입금할 계좌번호 좀……."

최필수는 기다렸다는 듯 낡은 가죽 지갑에서 명함을 꺼내 인서 앞으로 내밀었다. 화장장 화단의 피 묻은 돌 위에 올려놓았던 그 명함과 같은 거였다. '경찰 출신 1급 탐정 사무소, 마인드헌터 최필수' 밑에, 몇 시간 전까지만 해도 발견하지 못했던 계좌번호가 깨알같이 찍혀 있었다.

인서는 휴대폰을 꺼내 탁자 위에 놓았다.

천만 원으로 최필수의 협박이 끝날 거라는 보장은 없었다. 도리어 이걸 빌미로 계속 끌려다닐 수도 있었다. 하지만 이렇게 돈을 이체하는 건 퍼즐 조각 몇 개로 다시 시작될 악몽이 두려워서가 아니었다. 임신한 효민을 보호하기 위해서도 아니었다. 현우와 시댁 식구들을 감싸주기 위해서는 더더욱 아니었다.

유예된 삶은 인서 자신만으로 충분했다.

평생 어두운 산기슭을 효재와 함께 헤매고 다니더라도 이제두 번 다시는 그 아이의 손을 놓지 않을 것이다.

인서는 피투성이 손으로 은행 앱을 열어 이체할 계좌번호를 하나씩 눌렀다.

* 이 소설을 중증 자폐증을 가지고 있는 내 아들 효재에게 바칩니다.

드라이버에 40번 찔린
시체에 관하여

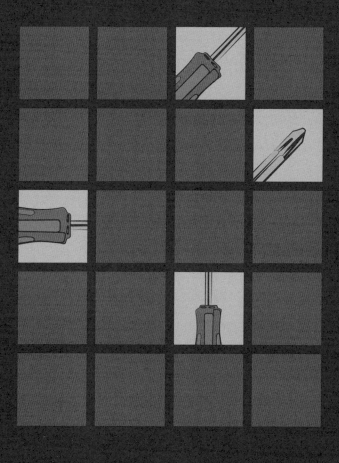

김범석

「찰리 채플린 죽이기」로 2012년 계간 『미스터리』 신인상을 수상했다. 단편 추리소설을 발표해왔으며, 발표한 작품으로는 「역할분담살인의 진실」「일각관의 악몽」「오스트랄로의 가을」「휴릴라 사태」「고한읍에서의 일박이일」「범인은 한 명이다」「시골 재수 학원의 살인」 등이 있다. 현재 장편 웹소설과 단편 추리소설을 동시에 준비 중이다.

1

2023년 5월 7일 오후 3시.

중소기업 '맥스 디짓'의 사장이 소유한 사유림인 사공산. 그 사공산 높은 곳에 있는 사공 산장에 등산객들이 도착했다. 맥스 디짓의 사장과, 수행 비서 역할을 하는 과장 그리고 NFT 사업팀의 팀장, 대리, 신입 사원까지 총 다섯 명이었다.

다섯 명은 모두 남자였고, 후덥지근한 날씨 속에서 지친 표정들이었다. 사장은 때때로 짜증을 부렸고 과장만이 사장 비위를 맞추느라 바빴다.

"어이구, 힘들다!"

일흔다섯의 사장은 산장에 들어오자마자 거실 소파에 주저앉았다.

"뭐 하나? 사장님 얼음물 갖다 드리지 않고!"

과장이 신입 사원에게 소리쳤고, 신입은 느릿느릿 주방의 냉장고 앞에 갔다가 퉁명스레 답했다.

"얼음이 없는데요."

냉장고 전원이 꺼져 있었다. 이 산장은 작년에 이용한 뒤로 방치되었으므로, 평소에는 냉장고 플러그가 뽑혀 있었다.

"그럼 그냥 냉수라도 가져와야지! 참 갑갑하네!"

과장이 짜증을 내는 동안 에어컨의 스위치를 넣은 대리가 돌아와 자신의 가방에서 얼음물을 꺼냈다.

"제 걸 드십시오, 사장님."

"으음."

사장은 고맙다는 말 한마디 없이 대리의 얼음물을 탈탈 털어 마셨다.

"목욕부터 하고 싶군."

사장의 말에 과장이 얼른 일어나는 것을 도왔다.

"네, 사장님. 객실로 안내해드리겠습니다."

"안내는 뭘. 거의 매년 오는걸."

그래도 과장은 사장을 수행했다.

사공 산장의 객실은 총 세 개였다. 가장 크고 시설이 좋은 2층 1인실, 1인실보다 오히려 크기가 작은 2층 2인실과 1층 2인실이 있었다.

2층 1인실은 사장이 혼자 쓰고, 2층 2인실은 과장과 팀장이, 1층 2인실은 대리와 신입이 함께 쓰기로 했다. 열쇠는 미리 분배해뒀으며 2층 1인실의 열쇠는 사장이, 2층 2인실의 열쇠는 팀장이, 1층 2인실의 열쇠는 대리가 챙겨뒀다. 그리고 모든 객실의 문을 여닫을 수 있는 마스터키는 과장이 지녔다.

2층으로 올라가는 계단에 한 발 올려놓은 채, 사장이 과장에게 말을 걸었다.

"저녁 식사 때까지 각자 한숨 돌리는 걸로 하지. 저녁 6시에 시작이었나?"

"네, 사장님. 작년처럼 앞마당에서 바비큐를 구워 먹을 겁니다."

"저녁에 비가 많이 온다던데, 괜찮겠나?"

"예. 방수 천막도 있으니 운치 있을 겁니다."

"그래. 근데 팀장은 어디 갔나? 왜 안 보이지?"

그때 팀장이 산장에 들어왔다.

"휴, 보일러실이랑 창고에 들러서 시설 점검 좀 하고 왔습니다."

보일러실은 산장 건물 1층 뒤편에 있었고, 작은 실외 수돗가가 벽면에 붙어 있었다. 그리고 창고는 산장 건물에서 좀 떨어진 곳에 외따로 있었다.

"온수는 잘 나올 거고요. 바비큐 파티도 저녁에 예정대로 치를 수 있을 겁니다."

"음, 그래. 역시 팀장이 빠릿빠릿하구만."

사장은 2층으로 올라갔고, 과장이 뒤따라 올라간 뒤 1층과 2층을 나누는 계단 문을 닫았다. 소음을 차단하는 문이라 그런지, 닫힌 순간 1층과 2층이 완전히 차단되는 듯했다.

팀장, 대리, 신입은 잠시 에어컨 바람 속에서 땀을 식혔고, 대리는 팀장에게 도전적으로 물었다.

"팀장님, 사장한테 본론은 언제 꺼내실 생각입니까?"

"그게 말이지."

팀장은 몸을 젖혀서 2층 쪽 계단을 살핀 뒤, 계단 문이 확실히 닫혀 있는지 확인하고서야 말했다.

"너무 강하게 밀어붙이면 저번처럼 싸움이 나겠지. 그러니 바비큐 파티 때 내가 조용히 얘기해볼게."

"아니, 팀장님. 아직도 그런 말씀이십니까? 약속 안 지키면 비리를 폭로하겠다, 하고 그냥 확 밀어붙이시죠!"

"어허, 그건 정말 최후의 카드 아닌가? 비리를 폭로하면 회사도 망할 것이고……."

팀장과 대리가 옥신각신할 때, 막내인 신입이 2층 계단 문을 째려보며 중얼거렸다.

"사장 새끼, 심장마비로 그냥 죽어버렸으면."

그 말에 팀장과 대리는 입을 다물었다. 사실은 모두 비슷한 마음이었다.

'사장이 멋대로 말을 뒤집어버렸으니…….'

이들이 속한 맥스 디짓은 인터넷 결제 업체의 주요 하청 기업이었다. 코로나 사태가 한창일 때, 사장은 NFT 사업을 추진하기로 방침을 정했고 NFT 사업팀을 새로 만들었다. 사장은 팀원들에게 1년 이내에 막대한 성과급을 지급하고 재택근무를 실시하기로 약속했다. 젊은 신입은 그 약속을 믿고 올해 1월에 입사했다. NFT 사업팀의 3인은 의기투합했지만 비즈니스 모델을 제대로 시험해보지도 못했다. 시장 전반의 NFT 열기가 예상보다 빠르게 식어버린 탓이었다. 사업은 좌초되었고, 사장이 제풀에 꺾여 포기하는 쪽으로 가닥이 잡혔다. 팀은 해체될 것이 거의 분명했고 성과급이나 처우 개선, 재택근무 약속 등은 당연히 물 건너갔다.

화가 난 NFT 사업팀의 팀장, 대리, 신입은 한마음으로 항의했다. 반대편에서 사장과 과장이 한 편이 되어서 언성을 높이며 싸웠다. 참다못한 팀장은 그간의 모든 회사 비리를 언론에 폭로하겠다는 소리까지 내뱉었다. 그는 오래 근무한 만큼, 대리와 신입이 모르는 더러운 비리들도 알고 있었다.

폭탄선언이 터지자 사장은 찔끔했고, 일순 사장실의 분위기가 무겁게 가라앉았다. 사장은 황급히 등산 여행을 제안했다.

"야, 팀장아. 우리 너무 흥분했어. 주말에 다 같이 등산이라도 가지 않겠나? 작년에 갔던 사공 산장에서 밥 먹으면서 이야기하자, 응?"

그래서 다 같이 사공 산장에 오게 된 것이다. 즉 이것은 여행이 아니라 연장전인 셈이었다.

산장 1층 거실에 앉은 팀장이 대리와 신입의 손을 잡으며 말했다.

"아무리 분해도 참아라. 너희는 일단 참는 거야, 응? 내가 알아서 이야기할 테니까."

"그건 너무 저자세 아닙니까? 저희는 정말로 비리를 다 폭로하고 자폭해도 상관없습니다. 안 그러냐, 신입?"

대리가 물었고, 신입은 부루퉁한 표정으로 동의했다. 하지만 팀장은 고개를 저었다. 먼저 이야기는 해보겠다는 마음이 확고했다.

"자, 우선 각자 짐 풀고 일이나 하자. 우리끼리 모여서 푸념해봐야 의미 없으니까."

팀장이 역할을 나눴다. 팀장과 신입은 창고에 가서 바비큐 용품을 체크하기로 했고, 대리는 주방에 남아 식재료와 식기를 준비하도록 했다. 지시를 마친 팀장이 소파에서 일어나는 순간, 크게 휘청하더니 소파에 주저앉았다.

"어어, 갑자기 몸이 좀 안 좋군."

팀장의 안색이 좋지 않아 보였다.

"미안하다. 난 들어가서 좀 쉬고 있을게."

대리와 신입은 그런 팀장에게 뭐라 하지 않았다. 극심한 스트레스로 약까지 먹는 중이라는 걸 알고 있었으니까.

세 사람은 자리에서 일어났다. 팀장은 2층 2인실로, 대리는 1층 주방으로, 신입은 바깥 창고로 향했다.

그때가 오후 3시 30분이었다.

2

오후 6시 정각. 하늘에는 먹구름이 가득했고, 당장이라도 비가 쏟아질 것 같았다.

산장 앞마당에서는 바비큐 파티 준비가 한창이었다. 팀장, 대리, 신입은 바비큐 그릴을 조립하고, 연결 고리가 삐거덕거리는 천막을 신중하게 설치했다.

잠시 뒤, 과장이 등산로 방향에서 모습을 드러냈다. 물이 가득 찬 페인트 통을 든 채 땀을 뻘뻘 흘리며 올라오는 중이었다.

"어디 다녀오셨습니까?"

팀장의 질문을 무시한 과장은 숨만 헐떡이며 산장 안으로 들어갔다. 페인트 통을 안에 두고 바로 나와서는 아무 일 없었다는 듯이 평소처럼 뒷짐 지고 돌아다니며 이것저것 지시했다. 그리고 시계를 확인하더니 고개를 갸웃거렸다.

"사장님이 안 나오시네?"

사장은 시간 약속에 엄격한 편이었다. 그런 그가 나오지 않으니 이상했다.

"거기, 신입. 가서 사장님 모셔와. 혹시 주무실 수도 있으니 노크는 살살 하고."

"네."

신입은 산장으로 들어가서 2층으로 올라갔다. 사장이 쓰는 2층 1인실 문을 노크한 뒤 문손잡이를 돌려봤는데, 문은 잠겨 있었다. 모든 객실의 문손잡이는 둥근 문고리 형태였고 객실 안쪽에서 똑딱이 단추를 눌러서 쉽게 잠그는 방식이었다.

"어이, 사장님! 밥 먹어요, 밥!"

문짝을 텅텅 두드리며 소리쳐도 대답이 없었다. 신입은 다시 마당으로 나갔다.

"사장님이 대답이 없는데요!"

그러자 마당에서 바비큐를 준비하던 이들 모두가 서로를 걱정스럽게 쳐다봤다. 순간 불길한 느낌을 공유한 것이다.

그들은 모두 2층으로 올라갔고, 과장은 마스터키로 2층 1인실의 문을 열었다.

"사장님. 주무십니까?"

네 사람은 조심스레 객실 안으로 들어갔다. 침대에는 아무도 없었고, 객실의 모든 창문은 잠겨 있었으며, 에어컨은 가동 중이었다. 화장실의 조명 스위치가 켜져 있었고 문은 닫혀 있었다. 사장이 입고 있던 옷은 화장실 앞에 대충 내팽개쳐져 있었는데, 바지 주머니에 넣은 휴대폰과 2층 1인실 객실 열쇠가 비죽 튀어나와 있었다.

과장은 화장실 문을 살짝 두드렸다.

"사장님, 접니다. 목욕 중이십니까?"

화장실 문은 잠겨 있지 않았다. 과장이 조심스럽게 화장실 문을 열자, 습기와 함께 피비린내가 풍겨왔다.

사장은 죽어 있었다. 시체는 목욕물 빠진 빈 욕조 안에 등을 기대고 반쯤 누운 자세로 있었고, 상반신에는 총 40개의 작은 구멍들이 뚫려 있었다. 욕조 곳곳에 피가 튀어 있었는데 의외로 욕조 바깥까지는 피가 많이 튀어 있지 않았다.

"저, 저거⋯⋯!"

자세히 보니 흉기가 시체에 꽂혀 있었다. 그것은 드라이버의 금속 몸체였다. 단, 손잡이 부분은 어디로 갔는지 보이지 않고 금속 몸체만 가슴에 깊이 꽂혀 있었다.

범인은 드라이버로 사장을 마구 찔렀을 것이고 마지막 일격을 가하고 뽑는 순간 드라이버의 손잡이 부분만 쑥 빠졌을 것이다. 드라이버를 오래 사용하다 보면 손잡이와 금속 몸체가 분리되는 것처럼.

"어찌 이런 일이."

과장의 망연자실한 목소리가 화장실에 울려 퍼졌다. 창밖에서는 우르릉 소리가 나더니 굵은 장대비가 쏟아지기 시작했다.

3

네 명은 현장을 그대로 내버려둔 뒤 1층 거실로 내려왔다.

과장의 지시로 팀장이 경찰에 신고했다. 하지만 경찰이 오기까지는 시간이 좀 걸릴 듯했다. 산세가 워낙 험한 데다가, 자동차가 다니기 힘든 지역이었기 때문이다. 게다가 폭우가 쏟아지기 시작했으니 시간이 더 걸릴 것이다. 네 명은 거실에 모였다.

"경찰은 언제 온대?"

과장이 물었다.

"최대한 빨리 온다지만, 자정이 지나 새벽에나 올 수 있다네요."

팀장이 대답했다. 그러자 대리는 조심스레 입을 열었다.

"저어, 원래는 이런 말을 하는 게 안 좋은 거긴 한데."

"뭔데?"

"우리 중에 버, 범인은 누굽니까?"

"범인이 누군지 어떻게 알아? 경찰이 와야 알지."

"제 말이 그겁니다. 경찰이 올 때까지 범인을 어디 방에 가둬 놓거나 해야 하지 않습니까?"

"어?"

"사람을 한 명 죽인 범인이 두 명 죽이지 말란 법은 없잖습니까?"

모두가 일제히 흠칫했다. 사장이 죽은 것에 놀라서 두 번째 살인이 일어날 가능성에 대해서는 생각하지 못했다.

"일단 우리 중에 범인이 있는 건 맞죠?"

대리가 좌중에 대고 물었다. 사공 산장은 사유지였고, 제삼자의 접근은 없었다. 이 중에 범인이 있다고 보는 게 타당했다.

"크흠! 누구야? 일단 자수해봐."

과장이 말했다. 물론 범인이 자진해서 고백할 리가 없었다. 신입은 과장의 말에 킥킥 웃기까지 했고, 과장은 신입을 노려봤다.

"웃어? 골이 비었냐? 지금 상황이 웃겨?"

"어, 그렇게 말해도 돼요?"

"뭐?"

"만에 하나 내가 살인범이면 어쩌려고?"

그러자 과장이 입을 다물었고, 대리도 겁에 질린 표정을 지었다. 오직 팀장만이 차가운 표정으로 신입을 쳐다봤다.

"야, 장난이 좀 심하다? 지금 같은 상황에 그래야겠냐?"

"장난이면 어떻고 아니면 어떻습니까? 솔직히 전 살인범은 아닌데, 이 중에 누가 살인범이건 간에 썩 마음에 듭니다."

"너 진짜 미쳤어?"

"솔직히 말하죠, 팀장님. 우린 이미 다 끝났어요. 사장이 살아 있었어도 우리 셋은 조만간 권고사직을 당하든 어쩌든 잘릴 몸들이었다고요."

신입의 말이 맞았다. 나이 많고 완고한 사장은 원한과 수모를 기억하는 사내였다. 오늘의 산장 여행은 시간을 끌고 구실을 만들기 위한 포석일 뿐이었다. NFT 사업이 중단되고 사장에게 대든 순간, 이들 셋의 앞날은 어차피 어두웠다.

"게다가 사장이 이미 죽어버렸다? 그럼 더더욱 우리 셋은 낙동강 오리알 신세죠. 씨이팔, 사장 새끼 잘 죽었다! 와하하하! 범인 만세!"

신입은 눈치 볼 거 없다는 듯이 소리쳤다. 그러자 과장의 얼굴이 일그러졌다.

"너냐? 진짜 네가 죽였어? 진짜로 네가 죽인 거지!"

그러더니 팀장과 대리에게 소리쳤다.

"이 새끼 잡아! 잡아서 창고에 가둬버려!"

신입도 가만히 앉아서 당하고만 있지 않았다.

"어어? 급발진하는 거 보소! 팀장님, 대리님! 다들 보셨죠!"

추악한 손가락질이 몇 차례 오갔고, 보다 못한 팀장이 교통정리를 했다.

"그만! 이렇게 된 거, 범인 찾기를 해봅시다. 단, 논리적으로!"

그렇게 서로의 알리바이를 따져보기로 했다.

"사장님은 대략 오후 3시 30분부터 오후 6시까지, 총 2시간 30분 사이에 죽었습니다. 이건 거의 확실하죠?"

팀장의 말에 모두 동의했다. 사장과 과장이 2층 계단을 올라가는 뒷모습이 보인 게 오후 3시 30분이 되기 몇 분 전이었고, 생존자 4인이 다 같이 마당에 모인 게 오후 6시였다.

"직급순으로 가죠. 과장님부터."

대화의 주도권은 팀장이 잡았다.

"흠, 그러지. 알리바이라."

과장은 잠시 기억을 정리한 뒤 말했다.

"나는 사장님을 2층의 1인실로 모셔다드렸어. 오후 3시 30분 되기 좀 전이었을 거야. 그리고 사장님을 위해 객실 욕조에 뜨거운 물을 틀었지. 물이 가득 찰 때까지 시간이 좀 있었고, 사장님이 내 등 뒤에서 말을 거셨지. '저 친구들을 어떻게 구슬려야 좋을까?' 같은 내용의 질문들이었어. 나는 내 견해를 성심껏 답해 드렸고. 하여간 욕조의 물을 다 받아서 인사하고 나가려는데 사장님이 부르셨지."

"뭐라고 하셨나요?"

"송사리."

"네?"

"송사리 튀김을 먹고 싶으니 내려가서 송사리를 잡아 오라고 하셨어."

올라오는 길에 그런 이야기를 하긴 했다. 사공산 중턱에 개울가가 있었는데, 송사리들이 헤엄쳐 다니는 게 바깥에서도 보였다. 사장은 "저거 맛있겠다. 밀가루 옷 입혀서 튀겨 먹으면 별미가 따로 없어"라고 했었다.

"그걸 기어코 잡아 오라고 시킨 겁니까? 산을 한참 내려가서?"

대리가 황당해하며 물었고, 과장은 고개를 끄덕였다. 과장은 사장의 즉흥적인 명령을 자주 들어와서인지 오히려 그러려니 하는 태도였고, 과장을 제외한 나머지 세 사람은 기막혀 했다.

'어쩌면 과장도 내심 사장을 미워하고 있었던 건 아닐까? 사장은 과장을 몸종 부리듯 해왔으니까.'

대리는 그렇게 생각했고, 과장은 말을 이어갔다.

"3시 45분쯤 2층에서 내려왔어. 주방 쪽을 흘깃 보니까, 대리가 주방에서 식재료를 손질하는 것 같더군. 바빠 보여서 따로 말을 걸지는 않고 산장 밖으로 나왔지. 그리고 혼자 담배를 느긋하게 몇 대 태운 뒤에 창고로 갔어. 그때 시각이 오후 4시 정각이었을 거야. 창고에서는 저 신입 새끼가 뭔가를 수리하고 있더군. 나는 송사리 잡게 빈 통 아무거나 하나 달라고 했지. 송사리는 맨손으로 잡을 만해서, 담을 통만 있으면 충분했거든. 마침 빈 페인트 통 하나가 있어서 그걸 받아 챙겼어. 그리고 송사리를 잡으러 혼자 내려갔지."

"그리고요?"

"그리고는 뭘 그리고야? 송사리 좀 잡아서 올라왔지."

"아하, 저희가 바비큐 준비할 때 땀을 뻘뻘 흘리면서 올라오신 이유가 송사리를 잡고 다시 산을 오르느라……?"

"그런 거지. 송사리가 담긴 통을 주방 구석에 내려놓고 보니 요리해서 먹기에도 애매한 크기더라고. 그래서 거기에 둔 채로 바로 나왔지. 궁금하면 지금 가서 확인해봐."

신입과 대리가 주방에 뛰어가서 확인한 뒤 돌아왔다. 흙탕물 담긴 페인트 통에 작은 송사리가 헤엄치고 있었다. 어린애도 맨손으로 잡을 수 있을 만큼 작은 송사리여서 먹기에 애매해 보이긴 했다.

"그때 시각이 6시 되기 조금 전이었지. 이걸로 내 알리바이 설명은 끝."

"흠. 한마디로 사장님과 단둘이 2층 1인실 욕조 앞에서 대화를 나누시다가, 3시 45분쯤 객실을 나오셨고, 4시에는 창고에서 신입과 대화 후 페인트 통 획득. 그 이후 혼자 쭉 송사리 잡다가

6시 전에 올라왔다…… 이거네요?"

팀장이 정리하자 과장이 그렇다고 대답했다.

"내친김에 내게는 살인 동기가 없다는 것도 말하고 싶군. 나는 이미 사장님 편에 서서 너희들 셋과 싸웠어. 왜냐? 나는 전적으로 사장님 편이니까. 좀 더 적나라하게 말해볼까? 부끄럽지만, 나는 능력보다는 연줄로 들어온 몸이야. 과장 직함을 달고 있지만, 난 옛날부터 사장님 비위 맞춰드리는 게 주요 업무인 수행 비서라고. 즉 사장님이 갑자기 돌아가시면 내 위치가 가장 불안해져. 난 비서 노릇 말고는 할 줄 아는 게 없으니까. 나는 그분을 죽일 이유가 없어. 그러므로 난 범인이 아니다. 이상."

과장의 설명이 끝났고, 바로 팀장이 자리에서 일어났다.

"제 차례군요."

"잠깐."

과장이 팀장을 제지하더니, 신입을 가리켰다.

"저 싸가지 없는 새끼 먼저 시켜보자."

신입은 발끈하는 표정을 지으면서도 차례를 이어받았다.

"그럼 설명하죠. 오후 3시 30분쯤, 거실에 있던 우리 셋은 각자 움직였습니다. 팀장님께서 역할 분담을 지시해주셨어요. 팀장님은 컨디션 난조로 2층으로 쉬러 올라가셨고, 대리님은 주방에서 식재료 손질, 저는 창고에 가서 바비큐 용품 준비를 하기로 했습니다."

신입의 말에 팀장과 대리가 고개를 끄덕였다.

"창고에 가서 바비큐 용품을 살펴봤는데, 와, 작년에 바비큐한 사람들이 정리도 안 하고 창고에 그냥 다 쑤셔 박아놓은 상태더라고요. 그냥 두면 저녁 못 먹겠다 싶었습니다. 하여간, 저는 오지게 바빴어요."

신입은 자신의 노고를 인정해달라는 듯이 좌중을 둘러보고 말을 이었다.

"창고에서 일하는데 오후 4시쯤 되니까 과장님께서 오시더군요. 송사리 잡게 빈 통 하나 달라고 하셔서 빈 페인트 통을 드렸습니다. 저는 계속 창고에서 잡일을 한 뒤, 바비큐 그릴을 씻으러 건물 뒤편의 수돗가로 갔습니다. 그냥 흐르는 물로는 안 되고 세제와 수세미가 필요할 것 같아서 산장 안의 주방으로 갔죠. 그때 시각이 4시 30분이었을 겁니다. 가지러 가는 길에 거실 소파에 누워 계신 대리님을 봤습니다."

"어, 그랬지. 쉬고 있었어."

대리가 겸연쩍게 웃었고, 신입이 이어서 말했다.

"대리님은 소파에 누운 채 제게 도움이 필요하냐 물으셨고, 저는 제가 알아서 하겠다고 답한 뒤 나왔습니다. 그리고 그릴을 씻고, 조명 미리 연결해보고, 간이 의자도 닦고…… 그러다 보니 시간이 5시 45분이었습니다. 그때 대리님과 팀장님이 오셔서, 다같이 마당에서 바비큐 파티를 준비했죠. 6시 되기 전에는 과장님이 땀을 뻘뻘 흘리며 나타나셨고. 그게 다입니다."

신입이 설명을 마쳤다.

"즉 군데군데 알리바이가 없는 부분이 많다는 뜻이네?"

과장이 추궁했다. 신입은 4시에 과장과 한 번, 4시 30분에 대리와 한 번 마주쳤지만, 그 밖의 나머지 시간에는 혼자였기 때문이다.

"과장님. 저를 꼭 범인으로 만들고 싶으신가 본데, 저는 어차피 살인이 불가능합니다. 2층 1인실 열쇠가 없으니 살해하러 들어갈 수가 없죠."

"문이야 따면 되지."

"뭘로요?"

"가령, 창고에 널브러져 있던 클립 따위로?"

"허 참, 스파이 영화도 아니고. 이젠 아무 말이나 막 던지시네? 제가 클립으로 문 딸 줄 안다는 증거 있어요?"

과장은 신입의 반박을 모른 체하고 추궁을 이어갔다.

"흉기인 드라이버와 가장 가까이 있었던 건 너였어. 그거 알아? 드라이버는 이 산장에 딱 하나뿐이었고, 창고에 보관 중이었지."

과장의 말에 팀장과 대리가 고개를 끄덕였다. 작년 바비큐 파티 때 간이 천막이 고장 난 적이 있었다. 그때 창고에 보관되어 있던 드라이버로 사장이 임시로나마 손수 고쳐두었다. 파티가 끝나고 천막과 함께 드라이버도 창고에 보관했었다. 이 산장에 다른 드라이버는 없었다. 이는 작년에도 산장에 왔던 과장, 팀장, 대리가 모두 아는 사실이며 그때 이후 다른 사람이 산장을 이용한 일은 없었다.

그때, 대리가 조심스럽게 손을 들었다.

"저어, 지금 든 생각인데, 사장님 시체에 꽂혀 있던 드라이버의 몸체 말입니다. 그게 창고에 있었던 그 드라이버가 맞을까요? 손잡이 없이 몸체만 발견된 거라, 사실 전 긴가민가한데."

대리의 지적도 일리가 있었다. 드라이버는 사실 손잡이의 색깔과 크기, 드라이버 끝이 십자형인지 일자형인지를 보고 식별하는 게 일반적이다. 시체에 깊이 꽂힌 드라이버의 금속 몸체 일부만 봐서는 그것이 평소 산장 창고에 보관 중이던 것이라고 단정 짓긴 어려웠다.

"지금 창고를 확인해볼까?"

4인은 다 함께 창고로 갔다. 서로를 감시하며 창고를 조사한 결과 드라이버는 어디에도 보이지 않았다. 그러자 대리가 의견을 제시했다.

"일단, 흉기로 쓰인 드라이버는 창고에 있던 그 드라이버라고 보는 게 맞는 것 같습니다. 범인이 살인용 드라이버를 따로 집에서 챙겨왔고, 그걸로 살인을 저지른 뒤 창고의 드라이버를 또 모종의 이유로 없애버렸다……라고 일부러 꼬아서 생각하지 않는 이상은 말입니다."

다른 이들도 일단 동의했다. 사라진 드라이버의 손잡이가 발견된다면 시체에 꽂혀 있는 몸체와 대조해서 더 확실히 할 수 있겠지만, 그 손잡이가 발견되지 않은 현시점에서는 이것이 한계였다.

"그렇지? 창고에 보관 중이던 드라이버가 흉기로 쓰였다고 보는 게 타당하겠지? 그리고 신입은 창고에서 쭉 일했었고! 자, 이게 다 우연일까?"

과장이 재차 신입을 의심했고, 신입은 코웃음 쳤다.

"흉기로 쓰인 드라이버가 창고에 있었던 것이라는 게 사실이라고 치면 더더욱 내가 범인이 아니죠. 의심받을 게 뻔한데 왜 굳이 창고에 있는 드라이버를 범행에 쓰겠습니까? 게다가 말씀드리는 게 좀 늦었지만, 오늘 저는 창고에서 드라이버를 본 적도 없어요!"

"역으로 그걸 노린 심리전일 수도 있고, 아니면 단순히 네가 멍청해서일 수도 있지. 그리고 드라이버를 본 적도 없다는 소리도 못 믿겠군. 난 네놈이 범인 같다. 이상."

과장은 단정 짓듯 말했고, 화를 내려는 신입을 팀장이 말렸다. 그리고 다 함께 다시 거실로 돌아왔다.

"지금부터 제 알리바이를 말해보겠습니다."

팀장이 말했다.

"3시 30분경. 저는 머리가 어지럽고 피곤했기에 두 사람에게 양해를 구한 뒤, 대리에게는 식재료 준비를, 신입에게는 창고 일을 맡겼습니다. 그리고 저는 2층 2인실의 제 침대로 가서 누워서 쉬었죠. 까무룩 잠이 드는가 싶었는데, 대리가 문을 두드리더군요. 그때가 오후 4시 무렵이었지, 아마?"

"맞습니다, 팀장님."

대리가 답했다. 즉, 오후 4시라는 시간은 과장과 신입이 창고에서 대화한 시간이면서, 대리와 팀장이 2층 2인실 문을 사이에 두고 대화한 시간이기도 했다.

"주무시는데 깨워서 죄송했습니다. 쉰다고 하셔서 말 그대로 잠깐 쉬시는 것으로 알았고, 아예 주무실 줄은 몰랐습니다. 제가 생각이 없었습니다."

대리가 고개를 숙이며 사과했다. 팀장은 고개를 저었다.

"대리는 잘못한 거 없어. 평소 회사에서 일하던 대로 했을 뿐이야, 그렇지?"

"네, 그랬습니다."

"식재료 손질과 식기 관리가 금방 끝나서, 다음 할 일을 달라고 온 거였지?"

대리는 평소 회사에서처럼, 상급자에게 다음 지시사항을 받으러 왔었던 것이었다.

"하여간 잠에 취해 있던 저는 문 너머의 대리한테, '난 잘 테니까 대리도 1층 내려가서 자든가 해'라고 했습니다. 회사가 아니니까 너무 열심히 하지 말라는 말도 했던가?"

"예, 그런 식으로 말씀하셨습니다, 팀장님."

"그리고 저는 다시 잠들었고, 나중에 대리가 다시 와서 문을 두드리더군요. 그때가 오후 5시 45분쯤이었을 겁니다. 같이 나가서 여태 창고에서 혼자 씨름 중인 신입을 도와 바비큐 파티를 준비했죠. 이어서 과장님께서 땀을 뻴뻴 흘리시면서 등산로 쪽에서 등장하셨고…… 그 이후는 모두가 아는 그대로입니다."

과장은 그 말을 듣고 천천히 고개를 끄덕였다.

"즉, 팀장도 알리바이랄 게 별로 없군? 게다가 물리적으로는 사장님과 가장 가까운 거리였어. 둘 다 2층이었으니까."

"그렇게 따지자면, 거리가 가장 가까운 건 과장님이셨습니다."

"뭐? 난 송사리 잡으러 산 한참 아래까지 갔다고 말했잖아! 나는 가장 거리가 멀었던 사람이지!"

"그 이전에요. 아까 증언에서는 사장님 객실 욕조에 물 받으면서 이런저런 대화를 많이 나누셨다고 하셨죠? 하지만 그 주장이 거짓이라면? 그때 사장님을 이미 살해했던 거라면?"

"허, 팀장이 이렇게 내 뒤통수를 치네?"

"그냥 가능성을 말씀드린 겁니다. 무엇보다, 저에게는 2층 1인실의 열쇠가 없으므로 사장님을 살해하러 들어갈 수 없었다는 점도 언급해둡니다. 모두가 봤듯이 살인 현장인 2층 1인실의 문과 창문은 잠겨 있었는데, 마스터키는 과장님께서 갖고 계시죠."

팀장의 말이 얄밉게 끝났다. 하지만 과장은 발칵 화를 내진 못했다. 팀장이 지적한 사실 때문이었다.

범행 현장인 2층 1인실은 밀실이었다. 그곳의 열쇠는 밀실 안에서 발견되었고, 모든 문을 여는 마스터키는 과장 한 사람이 가지고 있었다. 이 부분에 집중한다면 과장이 가장 범인으로 몰리기 좋은 위치였기에, 과장은 화를 참고 말수를 줄였다.

"마지막으로 제 차례군요."

대리가 설명했다.

"다른 분들 이야기와 많이 겹치는데요. 저는 3시 30분부터 쭉 주방에서 식재료를 손질하고 식기류를 세척했습니다. 그리고 3시 45분쯤에 2층에서 과장님께서 내려오셨다고 하셨는데, 저는 주방 일에 집중하느라 사실 그 기척을 느끼진 못했습니다. 다만, 과장님의 그 증언이 거짓은 아니라고 봐야겠지요?"

과장과 신입의 증언을 종합해보면 얼추 시간대도 맞았다. 과장이 고개를 끄덕여줬고, 대리는 증언을 이어갔다.

"그리고 저는 4시 전에 주방에서 할 일을 마쳤고, 2층으로 올라가서 팀장님이 계신 2층 2인실의 문을 노크했습니다. 이 부분은 팀장님께서 말씀하신 그대로입니다."

대리는 눈치가 없었다며 팀장에게 고개를 숙였고, 팀장은 재차 사과할 거 없다고 했다.

"2층 2인실 문 너머로, 팀장님께서 저에게도 쉬라고 하셨기에 저는 1층 거실로 내려와서 소파에 누웠습니다. 방에 들어가서 자면 너무 깊이 잠들 것 같아서요. 소파에 누워서 쉬고 있는데 4시 30분쯤 신입이 건물 안으로 들어왔습니다. 그럴 청소용 세제와 수세미를 찾으러 주방에 온 것이었겠지요. 저는 누운 채로 신입에게 도움이 필요하냐 물었고, 신입은 자기가 알아서 하겠다고 대답했습니다."

신입의 증언과 일치했다.

"그리고 잠깐 눈을 붙였다가 시계를 보니 5시 45분 직전이었습니다. 황급히 일어나서 2층 2인실에 계신 팀장님을 깨우고, 바로 나가서 신입과 함께 바비큐 준비를 시작했죠. 그 직후 과장님께서 땀을 뻘뻘 흘리면서 페인트 통을 들고 나타나셨고요. 이상입니다."

"모두의 증언과 일치하는군."

과장이 의견을 종합했다.

증언의 퍼즐 조각들은 딱딱 맞아떨어졌다. 하지만 답은 보이지 않았다. 서로의 얼굴을 번갈아 보던 중, 신입이 의견을 냈다.

"현장을 다시 살펴보면 어떨까요?"

4인은 서로를 엄중히 감시하며 현장으로 돌아갔다. 이미 알고 있던 대로 2층 1인실은 밀실이었다. 시체 발견 당시 객실 문은 틀림없이 잠겨 있었고, 2층 1인실 열쇠는 사장의 바지 주머니 속에서 발견되었다.

창문의 잠금장치는 알파벳 'd' 모양의 크리센트 방식이었다. 창문과 창틀에는 실이나 철사를 넣을 만한 구멍이나 빈틈이 없었다. 창문을 열고 바깥을 확인해보니 까마득한 낭떠러지였다. 범인이 창문으로 침입했을 가능성은 희박했다.

이어서 그들은 시신을 다시 확인했다. 손잡이 없이 몸체만 시신에 박힌 드라이버는 끄트머리만 보였고, 작년에 쓰고 창고에 보관했던 그 드라이버로 추정됐다. 단, 손잡이가 발견되지 않았기에 확실치는 않다는 것이 재확인되었다.

"근데 이거 좀 이상한데요?"

대리가 말했다.

"범인은 왜 이렇게 많이 찌른 걸까요? 40번이나 찌르는 건 지나친 것 같은데. 무슨 특별한 이유가 있는 걸까요?"

대리의 물음에, 과장이 고개를 갸웃했다.

"그러게. 서너 번 찔렀다면 손잡이가 뽑혀 나갈 일도 없었을 텐데. 범인은 왜 이렇게 많이 찔렀을까? 사장님에 대한 원한 때문에? 팀장 생각은 어때?"

"저는 그보다 드라이버의 손잡이가 어디로 사라졌는지 모르겠군요. 범인이 이미 폐기했다고 봐야 할까요?"

"그 손잡이를 찾아보는 건 어떨까?"

한바탕 소지품 검사, 신체검사, 산장 전체 수색까지 해봤지만, 드라이버의 손잡이는 발견되지 않았다.

그들은 현장인 욕실 앞에 다시 모였다. 어느새 눈에 익숙해진 시체를 내려다보며, 과장은 추가적인 의문을 표했다.

"그보다, 40번이나 찌른 것치고는 피가 많이 튀지 않았는데?"

산 사람을 40회나 찔러 죽였다면 화장실 전체가, 벽이고 바닥이고 할 것 없이 피투성이가 되어야 한다. 그런데 욕조만 지저분하고, 나머지는 의외로 깨끗했다.

"설마 다른 곳에서 죽이고 옮긴 걸까?"

과장이 물었고, 대리는 고개를 저었다.

"아마 아닐 겁니다. 40번 찔러 죽인 시체를 옮기려 들면 반드시 흔적이 남아야 합니다. 살인은 여기서 일어난 게 분명합니다."

한참 뒤, 신입은 포기하듯 말했다.

"아무리 봐도 모르겠군요. 그래서, 우리 중에 누가 범인인 겁니까?"

4

자정 직후. 형사들은 비와 어둠을 뚫고 예정보다 빠르게 도착했다. 빗물에 흠뻑 젖은 형사들은 각 증언을 듣고 현장을 살폈고, 흉기로 추정되는 드라이버와 시체를 살폈다.

그리고 비가 그치고 해가 뜰 무렵. 과학수사팀도 숨을 헐떡이며 산장에 도착했다. 그들은 인근을 집요하게 수색했고 2층 창밖 낭떠러지 아래에 버려진 드라이버 손잡이를 발견해냈다. 범인이 범행을 마치고 2층 1인실 창문 너머로 던진 것으로 추정되었다. 손잡이는 빗물에 유실될 뻔했는데, 튀어나온 소나무 뿌리에 걸려 있었다. 그리고 손잡이와 시체에 박혀 있던 드라이버를 대조하여, 그것들이 창고에 보관 중이었던 그 드라이버의 몸체와 손잡이였음이 확실히 밝혀졌다.

즉 가장 애매모호했던 '시체에 꽂혀 있던 드라이버가 창고에 보관되어 있던 그것이 맞는가?'라는 부분이 해결된 것이다.

드라이버의 정체가 확실해졌기에 형사들은 기존 증언을 취합

하고 추론한 끝에 범인을 지목할 수 있었다. 나이 많은 형사가 범인을 지목했다.

"범인은 당신입니다."

독자 여러분께 도전

사장을 살해한 범인은 누구인가? 용의자는 과장, 팀장, 대리, 신입까지 총 4인이다. 살인은 이들 중 살의를 품은 한 사람에 의해 저질러졌으며, 공범자는 없고, 외부인의 소행도 아니다.

누가, 왜, 어떻게 사장을 살해한 것일까?

진실

첫째, 과장은 범인이 아니다. 과장이 살인을 할 수 있었던 기회는 오후 3시 30분 조금 전부터 3시 45분 사이의 시간뿐이다. 그 시간에만 사장과 단둘이 같은 방에 있었기 때문이다. 그런데 흉기인 드라이버는 창고에 있던 물건이었다. 과장이 처음 창고에 간 시간은 4시였다. 즉, 살인이 가능한 시간 이후에야 흉기를 손에 넣을 수 있었으니 과장은 사장을 드라이버로 살해하거나 찌를 수 없다.

과장이 사장을 다른 방식으로 죽이고 나중에 시체를 드라이버로 40차례 찔렀다고 볼 수도 없다. 과장은 송사리를 잡으러 산의 한참 아래까지 내려갔다가 6시 전에 올라왔기 때문이다. 마스터키의 유무와 무관하게 시간상 범행이 불가능하다. 마지막으로, 자신이 이미 밝혔듯이 살인 동기가 없을 뿐만 아니라 사장이 죽으면 곤란하기까지 하다. 그러므로 범인이 아니다.

　둘째, 대리도 범인이 아니다. 열쇠가 없으므로 2층 1인실 안에 들어갈 수가 없으며, 다른 계략이나 유인책을 써서 들어갔다고 쳐도 드라이버로 사장을 찌르는 것은 불가능하다. 대리는 과장, 팀장, 신입과 달리 바비큐 파티 이전에는 창고에 간 적이 없으므로 범행 도구인 드라이버를 획득할 수가 없기 때문이다. 그러므로 범인이 아니다.

　셋째, 신입도 범인이 아니다. 그는 이 산장을 처음 방문한 유일한 사람이기에 현장 정보가 가장 부족한 사람이다. 여러 예측 불가능한 상황 속에서 그가 살인을 저지르는 것은 현실적으로 불가능하다.

　신입은 대부분의 시간 동안 별장 본채에서 떨어진 창고에서 일했는데, 이는 팀장의 현장 지시였기에 신입이 예견할 수 없었다. 즉 일하는 데 걸리는 시간이 어느 정도일지, 일하는 중 누가 불시에 찾아올 것인지를 예측할 수 없다. 그러므로 남는 시간에 남의 눈을 피해서 살인을 저지르는 것은 불가능하다.

　실제로 신입은 4시에 창고를 불시에 방문한 과장과 마주쳤고,

4시 30분에 주방에 갔을 때는 소파에 누워 있는 대리와 마주쳤다. 이들과 언제 어디서 마주치느냐의 문제는, 신입이 온전히 예상하거나 차단할 수 있는 변수가 아니다. 그러므로 범인이 아니다.

남는 것은 팀장뿐이며, 범행을 실행하기 위한 필수 요건들을 갖춘 것도 팀장뿐이다. 즉 팀장이 범인이다.

팀장의 범행 과정은 다음과 같다.

등산 전, 또는 등산 중에 팀장은 미리 사장에게 단둘이 할 이야기가 있다고 한다. 협박을 이용한 유인책이다. '비리를 폭로하지 않을 테니, 부하들 없이 단둘이 이야기 좀 합시다. 남들 모르게'라고 말한다면 사장으로서는 거부하기가 어렵다.

흉기는 팀장이 현지에서 조달했다. 그는 산장에 도착해서 가장 먼저 보일러실과 창고 내부부터 살펴봤는데, 팀장으로서 단순히 시설물을 점검하기만 한 것이 아니라 흉기를 물색한 것이었다. 그리고 은닉하기 편리한 흉기인 드라이버를 창고에서 챙겨둔다. 단, 훗날 팀장이 한 자백에 의하면 이 시점에서 살인을 결심한 것은 아니었다.

오후 3시 45분, 2층 1인실 욕조에 물을 받고 말동무가 되어준 과장에게, 사장은 송사리 튀김을 먹고 싶다는 무리한 부탁을 해서 산장에서 멀리 떠나게 만든다. 물론 이 또한 팀장의 사전 협박에 의한 지시였다.

그런 뒤 사장은 목욕을 나중으로 미루고 목욕물을 그대로 둔 채, 옷을 입고 열쇠를 챙겨 팀장이 있는 2층 2인실로 간다. 2층과

1층은 계단문이 막고 있었기에, 사장은 타인에게 모습을 보이지 않고 팀장을 찾아갈 수 있었다.

2층 2인실 안에 사장과 단둘이 방 안에 있게 되자, 팀장은 그동안 쌓였던 분노와 서운함을 표현한다. 이때, 만약 사장이 팀장의 마음을 헤아려줬다면 실제 살인까지는 가지 않았을지도 모른다. 하지만 사장은 사장대로 자기주장만 했고 말다툼이 시작된다. 실제 말다툼 시간은 10분 남짓이었을 것이다.

마지막 대화까지 실패로 끝나자 팀장은 모든 것을 놓아버린다. 그리고 자신도 실제로 쓸 거라고 확신하지 못했던 흉기인 드라이버를 꺼내어 사장을 위협한다. 평소와 다른 기세로 위협당한 사장은 저항은커녕 큰 소리도 내지 못한다. 팀장은 사장을 2층 2인실에서 죽이면 자신이 범인임이 바로 들통나므로, 다시 사장 방인 2층 1인실로 이동하기로 마음먹는다.

이동하기 직전의 시점, 즉 오후 4시에 예상치 못한 일이 일어난다. 고지식하게 다음 업무 지시를 받으러 온 대리가 2층 2인실의 문을 두드린 것. 팀장은 예상치 못한 방문에 놀랐지만 침착하게 기지를 발휘한다. 드라이버로 사장을 겨눈 채 소리 내지 못하게 한 뒤, '회사가 아니니 너무 열심히 일할 필요 없다'라고 객실 문 너머의 대리에게 말하여 더 이상 2층으로 올라오지 못하게 만든다.

대리가 떠난 뒤, 팀장은 사장을 2층 1인실로 데리고 가서 욕실 앞에서 옷을 벗기고 자신도 옷을 벗는다. 그리고 사장을 욕조의 목욕물에 얼굴부터 빠뜨린 뒤 등을 손으로 찍어 눌러 익사시킨다. 노인이었던 사장은 유의미한 저항도 하지 못하고 큰 욕조에 가득 찬 물 속에서 익사한다.

그런 뒤 팀장은 욕조의 물을 빼고 시체를 똑바로 눕힌 뒤 욕조 안에 들어간다. 그리고 무려 40회에 걸쳐 사장의 상반신을 드라이버로 찌른다.

이 과도한 시체 훼손 행위를 이해하려면 팀장의 당시 심리 상태를 이해해야 한다. 팀장은 처음부터 사장을 죽이려 했던 게 아니라 마지막까지 대화해보려 했다. 하지만 그 모든 시도가 무위로 돌아갔기에 살인까지 하게 되었다. 살인을 하고 나자, 자신을 이렇게까지 만든 사장에 대한 원한과 폭력성이 한 박자 늦게 폭발했고, 시체를 드라이버로 수십 회나 찌르는 것으로 악의를 표출하게 된 것이다.

시체를 40회째 찌르던 순간, 기묘한 우연과 드라이버에 가해진 피로가 돌발 상황을 만든다. 드라이버의 금속 몸체는 시체에 깊숙이 꽂힌 채 남고, 손잡이만 쑥 뽑힌 것이다.

크게 당황한 팀장은 드라이버의 금속 몸체를 뽑으려 했지만, 시체에 빈틈없이 박힌 상태여서 맨손으로는 뽑을 수 없었다. 집게 따위를 챙겨와서 상처를 파헤치지 않고서는 뽑는 게 불가능했다. 하는 수 없이 팀장은 드라이버의 몸체는 그냥 남겨두기로 하고 손잡이만 챙긴다.

몸에 튄 피를 닦고 옷을 입은 팀장은 2층 1인실의 창문을 열고 지문을 닦은 드라이버의 손잡이를 바깥으로 던진다. 일기예보에 의하면 저녁에 비가 내릴 것이었으므로 팀장은 드라이버의 손잡이가 흙탕물 속에서 유실될 것이라 기대한다.

창문을 모두 잠근 팀장은 2층 1인실 열쇠의 지문을 닦고 조심스레 사장의 바지 주머니에 슬쩍 넣은 뒤 객실을 빠져나간다. 객실의 잠금장치는 버튼식으로, 흔히 말하는 똑딱이 단추가 달린 형태였기에 밀실을 만드는 일은 간단했다. 지문이 안 남도록 주의하여 문의 잠금 버튼을 미리 누르고 밖으로 나온 뒤에 문을 닫아서 그대로 문이 잠기게 한다. 이것이 밀실의 정체다.

다시 2층 2인실로 돌아온 팀장은 마음을 진정시키고 침대에 누워 휴식한다. 그리고 대리가 5시 45분경에 팀장을 깨우러 오고, 팀장과 대리는 함께 행동한다.

*

나이 많은 담당 형사는 경찰서에서 죄를 자백한 팀장에게 이렇게 물었다.

"좌절감, 원한, 분노가 쌓인 게 폭발해서 사장을 죽였다는 부분은 이해했습니다. 그럴 수 있다고 치죠. 제가 묻고 싶은 건, 왜 굳이 깔끔하게 익사체로 만든 이후에 찔렀느냔 말입니다. 순수한 화풀이였다면 왜 처음부터 드라이버로 수십 번 찔러 죽이지 않았죠?"

"그야, 살아 있는 사람을 수십 차례 찌르면 심장이 뛰기 때문에 피가 사방에 튀잖습니까. 내 몸에도 잔뜩 묻고. 하지만 이미 죽은 다음에 하면? 피가 덜 튑니다. 그래서 열심히 찌르면서 분풀이하는 것에 집중할 수 있습니다."

"그런 계산을 할 정도로 냉철하다면 굳이 40번이나 찌를 필요 없이 익사체로 남겨두면 되는 거 아니었나요? 드라이버는 위협용으로만 쓰고. 조금만 더 노력하면 목욕 중 사고로 위장할 수도 있었을 텐데요? 사장이 욕조 안에서 잠들었다가 사고로 익사했다는 식으로 말이죠."

그러자 팀장은 발칵 화를 냈다.

"내가 그렇게 냉철했다면 애초에 살인을 안 저질렀겠죠! 참을 수 없었으니까 욕조 물에 빠뜨려 죽인 거고, 수습이 어려울 정도로 피를 뒤집어쓰긴 싫었으니까 죽인 다음에 시체를 쑤신 겁니다. 쑤시다 보니 드라이버 손잡이가 빠져서 당황했고, 그래서 손잡이를 창밖 낭떠러지에 버리고 객실을 밀실로 만든 뒤 나왔을 뿐. 단지 그뿐입니다. 다 말했으니 더 묻지 마십쇼."

형사는, 살인범의 울분과 냉혹함으로 가득 찬 답변에 할 말을 잃었다.

이것이 드라이버에 40번 찔린 시체에 관한 사건의 진상이다.

40일

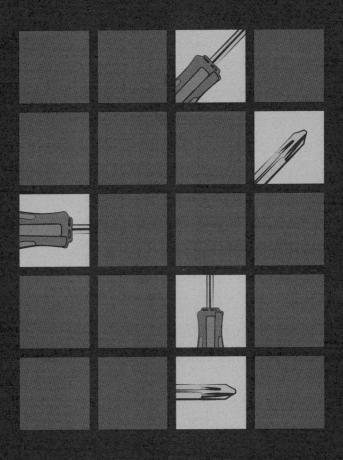

여실지

대학에서 사회학을 공부했다. 번역도 하고 소설도 쓴다. 「호모 겔리두스」로 2022년 계간
『미스터리』 신인상을 받으며 등단했다. 필명 '여실지'는 만물의 참다운 실상을 깨닫는 지
혜를 말한다. 이야기를 읽고 쓰는 몰입의 즐거움을 통해 번뇌와 망상에서 벗어나 존재의
참모습을 깨닫고 싶다. SF, 미스터리, 호러, 스릴러 장르를 넘나들며 재미와 의미를 담는
작품을 쓰고자 한다. 발표한 작품으로는 단편 「로드킬」 「40일」 「꽃은 알고 있다」가 있다.

1

이수연은 접견실 입구에 서서 한참을 바라보았다.

접견실 투명 칸막이 너머에 있는 남자는 수연이 전혀 알지 못하는, 그야말로 생전 처음 보는 사람이었다. 처음에는 오랜만에 찾아온 동생을 못 알아봤나 싶었다. 남색 정장 차림에 고급 서류가방을 든 남자는 머리를 정갈하게 빗어 넘겨 잘생긴 이마를 드러냈다. 또렷한 이목구비와 매끄럽게 면도한 굵고 각진 턱선은 남자답고 강인한 인상을 풍겼다. 육체노동에 찌들어 어깨가 구부정하고 늘 땀 냄새가 배어 있던 수호와는 전혀 다른 인종의 사람 같았다.

"저기……, 저 아닌 것 같은데요?"

수연이 여자 교도관에게 물었다. 교도관은 접견 명부를 살펴보고는 수연에게 되물었다.

"2317번 이수연?"

"맞긴 한데……."

"그럼, 맞습니다."

수연은 쭈뼛거리며 접견 장소로 다가가 자리에 앉았다. 남자는 수연에 대해 미리 알고 온 듯 자연스럽게 말을 걸었다.

"안녕하십니까, 이수연 씨. 변호사 김용준입니다."

"……저는 변호사 부른 적이 없는데요?"

무슨 상황인지 가늠할 수 없는 수연에게 남자는 준비해온 말을 쏟아냈다.

"과잉 방어로 인한 상해죄로 복역 중이시죠? 얼마 전 비슷한 성폭력 사건에서 정당방위가 인정되어 불기소된 사건이 있었습니다. 이수연 씨의 경우 재심청구를 하면 무죄가 될 수도 있습니다."

"누가 보내서 왔어요? 수호예요?"

남자는 말을 멈추고 수연을 바라보았다.

"동생분은 아닙니다. 저희 조건에 맞는 분을 찾다 보니 이수연 씨를 찾게 되었습니다."

동생을 알고 있다. 수연은 남자를 경계하기 시작했다.

"왜죠?"

이유를 알 수 없는 친절에는 꿍꿍이가 있다. 수연은 어릴 때부터 몸에 밴 눈치로 알 수 있었다. 알고 있어도 당한다는 게 문제였다. 남자는 뜸 들이지 않고 바로 본론으로 넘어갔다. 수연의 눈에 사진 하나가 보였다. 어떤 여자였다.

"이 사람의 가석방을 막아주면 됩니다. 사례는 충분히 하겠습니다."

"하, 돈 줄 테니까 누구 반병신 만들고 토껴라?"

"반은 맞고 반은 틀립니다. 그 '반병신'은 이수연 씨가 되어야 합니다."

남자는 무례하고 거침없었다. 수연은 울컥 화가 치밀었지만, 대범한 척 미소를 지어 보였다.

"아저씨, 돈이면 다 되는 줄 아나 본데, 딴 데 가서 알아보세요. 전 재심 필요 없거든요."

수연이 자리에서 일어났다.

"전과자 신분으로는 취직하기도 어렵습니다. 병원장 부부가 손 써놔서 그쪽으로도 취업이 힘드실 겁니다."

남자의 말에 수연은 짐승처럼 달려들었다. 칸막이를 힘껏 내리치자 뒤에서 교도관이 소리치며 저지했다. 수연은 아랑곳하지 않고 욕설을 내뱉었다.

"너 뭐야? 어디까지 알고 온 거야? 원장이 시켰어? 너 뭐냐고!"

"출소가 얼마 남지 않을 것, 재심청구 시 승산이 있을 것, 그리고 급전이 필요할 것. 이수연 씨가 이 세 가지에 다 해당되어 찾아온 겁니다."

남자는 차분하게 말했다.

"야, 내가 우스워? 돈 없고 가방끈 짧다고 무시하는 거야, 뭐야? 국선, 그년도 나보고 몇 가지만 인정하면 된다고 하더니, 봐! 내 꼬라지가 이거잖아! 잘난 의사 부모 둔 그 새끼는 무죄고!"

"네, 맞습니다. 재판 기록을 보니 적극적인 변호가 없었던 건 사실입니다."

남자는 예상했다는 듯 대수롭지 않게 말했다.

수연은 남자를 노려보다가 실소했다. 아쉬운 건 저쪽이다. 수연은 여유를 찾았다.

"아저씨, 내가 가진 거라곤 몸뚱이 하난데, 내가 뭐 하러 그런 짓을 해요? 미쳤어요? 돈 몇 푼에 병신 되기는 싫거든요. 다른 사람 구해보세요."

수연이 자리를 박차고 돌아섰다.

"이수호 씨, 병원에 입원하셨습니다."

나가려던 수연이 돌아섰다.

"그게 무슨 말이야?"

"이수호 씨가 일하던 공장에서 사고가 있었습니다. 현재 다산병원에 입원 중입니다."

"뭐? 거짓말하지 마! 이게 뜻대로 안 되니까 사기 치네? 당신이 그걸 어떻게 알아?"

식식대는 수연에게 남자는 조곤조곤 설명했다.

"말씀드렸듯이 수연 씨가 저희 조건에 맞았고, 수연 씨를 조사하다 보니 동생분 사정도 알게 됐습니다. 공장 측에서 수호 씨가 무리하게 작업한 것으로 처리하는 바람에 산재 보상이 힘들 것 같더군요. 동생분의 법률 대리도 저희가 해드리겠습니다."

수연은 무슨 말인지 귀에 들어오지 않는 표정이었다.

"수연 씨도 겪어봐서 알겠지만, 법정 공방은 돈이 많이 듭니다. 수연 씨 혼자 생활비 벌기도 빠듯할 텐데 동생분 병원비는 어떻게 해결하시겠습니까?"

수연은 남자의 눈을 노려보았다. 남자는 사나운 짐승을 훈련하는 조련사처럼 가만히 그 눈을 받아냈다.

"돈이든 뭐든, 사례는 원하시는 대로 해드리겠습니다."

수연은 마지못해 자리에 앉았다.

"그 사진, 다시 보여줘봐요."

2

수연이 눈을 떴다. 희정의 돌쟁이 딸 민하가 칭얼거리는 소리 때문이었다. 희정이 민하를 토닥이며 쉬쉬 달랬다. 어스름한 푸른빛의 새벽은 유난히 차갑게 느껴졌다.

잠이 깬 사람은 수연만이 아니었다. 어린아이 울음소리에 단잠을 깨어 성내는 이가 있는가 하면, 사회에 두고 온 가족 생각에 눈시울을 적시는 이도 있었다. 지리멸렬한 수감 생활로 불면증에 시달리거나 지난 사연을 곱씹는 이도 있었다. 6평 남짓한 공간에서 일곱 명의 여자와 아이 하나가 뒤엉켜 지내는 일상은 각각의 본능이 부딪히는 지점을 만들고 있었다.

오늘 새로 전방 오기로 한 수감자 소식도 한몫했다. 좁은 공간에 굳이 한 명을 더 밀어 넣어야겠냐고 볼멘소리가 가득했지만, 다른 방은 두 명, 또는 세 명 더 들어간다는 소식에 불평불만은 쏙 들어갔다.

"언니……."

속삭이듯 희정이 수연을 불렀다.

"언니, 깼어요?"

수연이 몸을 돌렸다. 어둠 속에서 희정의 하얀 얼굴이 보였다. 품에 안은 딸을 다정스럽게 토닥이는 손과 달리 눈에는 걱정과 불안이 가득했다.

"왜?"

"언니, 그 소문 들었어요?"

"무슨 소문?"

"전방 온다는 수감자요."

"응."

"어린애를 죽여서 토막 냈다면서요."

수연은 대답 대신 숨을 내쉬었다.

"우리 민하, 어떡해요?"

"걱정하지 마. 설마 여기서까지 그런 짓을 하겠어?"

앞으로 무슨 일이 벌어질지는 아무도 모른다. 수연은 자신이 꽤 능청스러운 인간이라고 생각했다.

"아니, 정신병자라면서요. 어린애가 무슨 이상한 거에 빠져서 애를 유괴하고……."

"그냥……, 미친 척하는 또라이래. 걱정하지 마."

"차라리 두 명, 세 명 들어오는 게 낫지, 어떻게 어린애 죽인 살인범을 여기에 껴 넣어요? 우리 민하가 있는데……."

"야, 좀! 잠 좀 자자!"

저 끝에서 앙칼진 목소리가 들리자 희정은 곧 입을 다물었다.

"그래, 희정아. 걱정하지 말고 자라. 이 언니들이 가만히 있겠냐."

방장의 쉰 목소리가 낮게 울리자 앙칼진 목소리의 주인공이 애먼 기침을 하고는 돌아누웠다. 방장의 말에 안심이 되었는지 희정은 어둠 속에서 고개를 주억거렸다.

"그래, 걱정하지 마."

수연은 희정의 어깨를 토닥여주었다. 죄수복을 입어도 어미는 어미구나, 하고 수연은 생각했다. 수연은 민하의 배냇머리를 가만히 쓰다듬었다. 퀴퀴한 곰팡내가 풍기는 옥사 안에서 아이의 젖비린내는 삶의 위안을 주는 뭔가가 있었다.

5번 방 수감자들은 원래 사이가 좋지 않았다. 사기, 도박, 절도, 살인, 폭행, 마약 등 다양한 죄목의 여자들이 좁은 방에 모여 지

내다 보니 하루가 멀다고 영역 다툼하는 들고양이처럼 날을 세우며 덤벼들었다. 그러다 몇 달 전, 희정이 아기를 안고 들어온 뒤부터는 조금씩 달라졌다. 누구든 아기가 눈에 띄면 선을 넘지 않으려 했다. 아직은 인간다움을 놓기 싫은 욕심 때문인지, 남은 희망을 대하듯 희정의 딸을 아꼈다. 특히 가족을 다 잃고 혈혈단신으로 남은 방장은 손주 보는 할머니처럼 아이에게 아낌없는 사랑을 주었다.

그래도 죄인은 죄인일 뿐이라고, 수연은 생각을 다잡았다. 수감 생활 내내 겉돌며 다른 죄수들에게 곁을 내주지 않던 수연이었다. 희정이 아이 돌보는 데 서툴다 보니 알게 모르게 도와주다 가까워지긴 했지만, 감방은 누구라도 인간의 밑바닥을 드러내는 곳이라고 늘 되새기고 있었다. '인간은 인간에게 늑대'라고 하지 않던가. 누구든 언제 갑자기 짐승으로 돌변할지 모를 일이었다.

따지고 보면, 수연에게는 교도소 밖도 별반 다르지 않았다. 죄를 짓지 않아도 죄인처럼 눈치 보며 팽팽한 긴장감을 안고 살아야 했다. 수연이 뭘 해도 세상은 야박했다. 고등학교를 갓 졸업하고 입사한 중소 병원에서는 특히 더 그랬다. 있는 듯 없는 듯 존재감을 드러내지 말아야 하면서도 요령껏, 눈치껏, 알아서 자기 몫 이상의 일을 해내야 했다.

어린 수연에게는 보이지 않는 룰이 있는 것 같았다. 그런 변덕스러운 룰 속에서 상사의 평가에 목매야 했고, 작은 실수에도 혹독한 비난을 받아야 했다. 누군가는 훌쩍 뛰어넘는 거리를, 수연은 아무리 안간힘을 쓰고 발버둥 쳐봤자 겨우 한 뼘 기어가는 기분이었다.

보이지 않는 룰에 어느 정도 적응하자 수연은 새로운 룰의 먹이가 되어야 했다. 병원장 아들이 행정원장으로 오면서부터였다. 행정원장은 몹시 친절한 사람이었다. 그 친절이 몇몇 젊은 여자 간호조무사에게 집중되었다는 점이 문제였다. 이 사실을 알지 못한 수연은 드디어 인정받기 시작했다고만 생각했다. 행정원장의 지나친 친절은 수연을 서서히 동료들로부터 고립시켜갔다.

직원 회식 날, 행정원장은 본색을 드러냈다. 속이 안 좋다며 VIP 병실로 수연을 데려가 그곳에서 겁탈을 시도했다. 수연이 벗어나기 위해 기를 쓰며 몸부림치다가 행정원장을 밀쳤고, 행정원장이 쓰러지면서 머리를 다쳤다. 수연은 행정원장을 경찰에 신고했지만 오히려 상해죄로 고소당해 처벌받았다. 등장인물과 배경만 바꾸면 동서고금 어디에나 있을 법한 이야기였다. 수연은 한순간에 이 터무니없고 뻔한 이야기의 주인공이 되고 말았다.

병원장 아들의 화려한 변호인단과 부패하고 나태한 국선 변호인 간의 소송은 불 보듯 훤했다. 어느새 수연의 변호사는 가해자와 한통속이 되어 있었다. 동생 수호가 길길이 날뛰었지만, '돈 없고, 백 없는' 남매는 가슴만 후려칠 뿐이었다.

유전무죄, 무전유죄.

옛날 어느 탈주범이 세상을 향해 외쳤다는 그 말이, 예나 지금이나 흰소리가 아니라는 생각이 한동안 수연의 머릿속을 떠나지 않았다.

수연이 한숨을 내쉬자 민하가 살짝 움찔했다. 희정은 민하를 품 안으로 더 끌어당겼다. 그 모습에 수연은 살살 몸을 돌려 돌아누웠다.

'이수호 씨, 병원에 입원하셨습니다.'

며칠 전 면회 온 남자의 말이 떠올랐다. 동생 수호가 걱정되기 시작했다.

도대체 얼마나 다쳤길래…….

변호사가 산재까지 운운할 정도면 꽤 심각하게 다친 모양이라고 수연은 생각했다. 어쨌든, 이용하든 이용당하든 수연에게 선택지는 하나였다.

수연은 옅은 숨을 내쉬었다.

3

'애잖아?'

처음 장지현을 보고 든 생각이었다. 청록색 죄수복에 노란 명찰을 단 장지현은 기껏해야 스무 살 정도밖에 안 되어 보였다. 키는 작지만 두둑한 살집 때문에 몸이 비둔해 보였다.

희정은 민하를 품에 안고 잔뜩 경계하는 눈으로 장지현을 바라보았다. 장지현은 새로 방에 들어온 다른 이들처럼 이름과 죄형만 간단히 신고하더니 고개를 푹 숙이고는 자기 자리를 찾아 짐을 풀었다. 모든 시선이 장지현을 향했다. 쪼그리고 앉아 주섬주섬 옷가지를 풀어놓는 장지현을 향해 누군가 물었다.

"야, 방 왜 옮겼어?"

장지현은 대꾸도 없이 생필품 바구니를 수납장에 넣었다.

수감자 두 명이 시선을 주고받더니 자리에서 일어나 장지현에게 다가갔다. 눈치 빠른 하나가 문 앞으로 가서 망을 보기 시작하자 희정은 재빨리 아기를 안고 몸을 돌려 구석으로 피했다. 수연은 두 팔을 벌려 희정과 아기를 감쌌다.

"요것 봐라? 아주 눈에 뵈는 게 없지?"

둘은 욕설을 내뱉으며 장지현을 넘어뜨리더니 밟기 시작했다. 둔탁한 파열음이 울렸다. 장지현은 날아오는 발길질을 막아보려 애썼지만, 폭행에 이골이 난 두 사람과 맞서기에는 역부족이었다.

"야, 야, 야, 그만해라."

방장이 나서더니 둘을 말렸다. 머리가 헝클어지고 땀 범벅이된 장지현이 고개를 들었다. 주로 맞은 둔부와 대퇴부, 상박과 배면이 쑤시고 뻐근한 듯 얼굴을 찡그렸다. 콧바람을 몰아쉬는 장지현을 향해 방장이 다가갔다.

"여기는, 대답 안 하면 맞아. 알겠니?"

장지현은 방장을 노려봤다. 방장은 벙싯 웃더니 장지현의 뺨을 후려갈겼다. 두툼한 손바닥 힘에 장지현의 고개가 돌아갔다.

이곳 재소자들 사이에는 티 안 나게 때려야 한다는 불문율이 있었다. 예외적으로 허용되는 인물이 몇 있는데, 그중 한 명이 5번 방 방장이었다. 방장은 후덕한 인상의 동네 아줌마처럼 생겼지만, 남편과 자식을 죽이고 들어온 여자였다. 게다가 긴 수감 생활 동안 사회에서는 배우지 못할 폭력의 기술까지 익혀서 다른 죄수들이 꼼짝 못 했다. 추악한 밑바닥까지 드러내고 눈이 돌아간 인간들에겐 법과 규율보다 힘의 논리가 더 효율적임을 알기에 교도관들은 시뻘건 손바닥 자국이 뺨에 나 있는 재소자들이 보여도 모른 척했다.

"이 언니가 대답 안 하면 맞는다고 했지?"

"네."

장지현이 고분고분해졌다.

"여기 왜 왔어?"

"저도 잘 몰라요."

"니가 모르면 누가 알아?"

대답이 없었다.

"또 대답 안 하네?"

방장이 장지현의 한쪽 유방을 움켜잡고 비틀었다. 장지현은 소리를 꽥 질렀다. 살덩이가 떨어져 나갈 듯한 고통도 참기 힘들었지만, 수치스러움과 모멸감에 정신이 아찔해졌다. 장지현이 덤벼들자 방장은 잽싸게 장지현의 머리채를 잡고 고개를 꺾더니 오금을 발로 찼다. 장지현이 풀썩 주저앉으며 두 손을 허우적거렸다. 안간힘을 쓰며 벗어나려 할수록 방장은 손아귀에 힘을 더

주었다. 눈물을 줄줄 흘리며 애원하는 장지현을 보자 재소자들은 웃음을 터뜨렸다. 소란에 놀란 아기가 울음을 터뜨렸다. 희정은 아이를 어르느라 진땀을 뺐다.

"괴롭히는 언니가 있어서……."

"너, 다시 전방 가야겠다. 여긴 더 나쁜 언니들이 있는데?"

장지현을 밟던 재소자 하나가 웃으며 비아냥댔다.

"니, 저 아가 건드리면, 그날이 니 제삿날인 줄 알아라."

방장은 높낮이가 없는 쉰 목소리로 을러댔다. 장지현은 고개만 끄덕였다. 방장과 다른 재소자들이 낡은 장난감 버리듯 장지현을 뒤로하고 아기에게 다가갔다. 수연이 자리를 비켜주자 방장은 아이를 안아 올렸다. 아이가 방장을 보며 방긋 웃자 방장은 보살처럼 자애로운 표정을 지었다. 재소자들도 너나 할 것 없이 아기의 웃는 얼굴을 보며 즐거워했다. 험악한 분위기는 언제 그랬냐는 듯 화기애애해졌다. 수연은 자기 자리에 앉아 책을 읽는 척하며 장지현을 관찰했다.

'쉽지는 않을 겁니다. 가석방을 목표로 몸을 사리고 있을 테고, 지금까지 문제가 생길 것 같다 싶으면 그 부모가 민원을 넣어서 방을 옮겨왔으니까요.'

그날 변호사와 접견하지 않았다면, 수연 역시 별거 아닌 애송이의 허세를 우습게 여겨 밟아주는 데 동참했을 터였다. 문제를 일으키지 말아야 하는 건 수연도 마찬가지였다. 동생 수호를 위해서라도 40일 안에 장지현의 가석방을 막고, 자신은 무사히 출소해야 하니까.

방장과 자신을 때린 재소자들을 노려보던 장지현이 아기에게
로 눈길을 옮겼다. 장지현은 희정과 아기를 번갈아 보다가 히죽
웃었다. 그 모습을 본 수연은 섬뜩함을 느꼈다.

시선을 느낀 장지현이 고개를 돌리자 수연과 눈이 마주쳤다.

둘은 서로의 눈을 마주 보며 한동안 시선을 떼지 않았다.

순간, 수연은 아차 싶었다.

재빨리 눈을 피했지만, 장지현은 수연을 향해 빙긋 웃었다.

4

"아마 지금쯤이면, 브로커를 통해 임시석방심사위원회에 뒷
돈을 주고 거래 중일 겁니다. 크게 문제가 없으면 누이 좋고 매부
좋다는 식으로 일을 진행하겠죠. 심사 전에 눈에 띄는 사고를 치
도록 유도하셔야 합니다."

투명한 칸막이 너머로 남자가 말했다. 고개 숙이고 듣던 수연
이 고개를 들었다.

"수호는요? 수호는 어떻게 됐어요?"

수연은 남자의 눈을 똑바로 바라보았다. 남자는 몸을 뒤로 빼
더니 의자 등받이에 기댔다.

"내 동생 갖고 거래하려면, 동생이 어떻게 됐는지는 알려줘야

하는 거 아니에요? 도대체 애가 어떤 상태길래 전화도 안 되고, 면회도 못 와요? 아저씨는 알죠?"

남자는 말이 없었다.

"얘기 좀 해주라고!"

수연이 협박하듯 눈을 부릅뜨며 욕설을 내뱉었지만, 남자는 미동도 하지 않았다. 잠시 고민하는 듯하더니 남자가 입을 열었다.

"동생분, 많이 안 좋습니다. 외상 중환자실에 있어요. 골절 부위가 많고 아직 혼미 상태입니다. 그래서 연락이 안 되는 겁니다. 현재 저희가 간병인을 써서 상황을 보고받고 있습니다."

수연의 눈이 빨개졌다. 수연은 입술을 깨물었다. 남자는 고개를 돌리고는 뒷덜미를 어루만졌다가 말을 이었다.

"상태가 호전되면 외상 병동으로 옮겨질 겁니다. 그때쯤이면 연락 가능해질 거예요."

"……감사합니다."

남자는 다시 설명하기 시작했다. 장지현의 어린 시절과 기호식품, 취미, 취향, 부모의 성향 등 수연이 참고할 만한 자료들을 늘어놓았다.

"웬만한 시비로는 크게 동요하지 않을 겁니다. 워낙 영악해서 문제가 될 것 같다 싶으면 부모가 개입해서 또 전방해버리거나 독방으로 숨어버릴 수 있습니다. 성급하게 건드리지 말고 시간을 두고 차근히 진행하는 편이 좋습니다."

수연이 보기에 수연 말고도 장지현의 가석방을 막으려는 시도가 몇 번 더 있었던 듯했다.

"이 일, 나 말고도 다른 사람이 했었어요?"

남자는 대답하지 않았다.

"어떻게 됐어요?"

남자는 대답 대신 몇 가지 주의사항을 더 전하고는 일어섰다.

"수연 씨도 몸조심하십시오."

5

수연은 운동장 한 귀퉁이에서 웅크리고 있는 장지현을 찾았
다. 장지현은 방장에게 혼쭐이 난 이후로 혼자 구석에 있거나 조
용히 지냈다. 수연은 장지현에게 다가갔다.

"뭐 하니?"

장지현은 들은 체 만 체했다. 어디서 주웠는지 나뭇가지로 구
덩이를 후벼파고 있었다. 여기저기 파다 만 구덩이가 즐비했고,
그 옆에는 뿌리째 뽑힌 잡초가 쌓여 있었다. 장지현의 손톱 밑이
새까맸다. 수연은 가만히 내려다보다가 초콜릿 과자 한 봉지를
툭 떨어뜨리고는 가버렸다. 장지현은 과자 봉지를 집어 들고는
수연의 뒷모습을 바라보았다.

다음 날에도, 그다음 날에도 수연은 운동장에 나와 있는 장지
현에게 과자 한 봉지씩 떨궈주었다. 그렇게 며칠이 지나자 장지

현이 먼저 수연에게 말을 걸기 시작했다.

"난 원래 과자 안 먹어요. 교도소 식단이 거지 같아서 할 수 없이 먹는 거예요."

장지현이 과자를 입에 넣고 우물거리며 말했다.

"그래."

수연은 적당히 응수해주었다.

*

수연은 장지현과 같은 목공소 작업을 신청하고 장지현 주위를 맴돌았다. 장지현은 어슬렁거리며 돌아다니거나 나무 조각을 주워다가 던지는 식으로 시간을 보냈다. 재봉 작업장에 가거나 직업훈련 교육을 받을 때도 장지현은 심드렁한 자세로 삐딱하게 앉거나 딴생각하기 일쑤였다.

이마저도 싫증이 났는지 장지현은 수연에게 다가와 조금씩 자기 이야기를 하기 시작했다. 자기는 해부학 천재라며, 머리를 깔끔히 자르려면 제1경추와 제2경추 사이에 있는 치돌기까지 통째로 잘라내야 하고, 연골을 자를 때는 톱이 좋다고 말했다.

"넌 정말 많이 아는구나."

수연의 말에 장지현은 기분이 좋아진 듯 히죽 웃었다.

*

목공 작업실에서는 재소자들이 각목을 옮기고 있었다. 수연도 목장갑을 끼고 각목을 드는데 뒤에서 누가 허리를 감싸 안았다. 수연은 소스라치게 놀라 각목을 떨어뜨렸다. 수연은 반사적으로 몸을 돌려 상대의 멱살을 잡았다. 장지현이었다. 장지현은 눈을 휘둥그레 뜨고 수연을 바라보았다. 놀란 가슴을 진정시키느라 심호흡했다.

"놀랐잖아!"

"언니, 왜 그리 놀래요?"

장지현이 멀뚱멀뚱 쳐다보다가 알겠다는 듯 눈을 반짝이며 다가왔다.

"언니, 혹시 그거 당했어요?"

수연은 얼굴이 일그러졌다. 한 대 치고 싶었지만, 수연은 숨을 들이마셨다가 내쉬었다.

"언니, 나 갑자기 그날 일이 생각나서 너무 속상해요."

장지현은 아랑곳하지 않고 자기 말을 늘어놓더니 울기 시작했다. 수연은 주위를 둘러보았다. 몇몇 재소자들이 궁금한 듯 기웃거렸지만, 다들 자기 일을 하느라 바빴다.

"왜 또?"

"나는 그 친구가 그거 갖고 싶어 하는 거 알았거든요. 그 친구를 기쁘게 해주려고 그런 건데, 정작 그 친구는 상황극인 줄 알았다며 나보고 미친 애라고 그랬어요. 나를 많이 좋아한다고, 또 만나자고 했으면서……."

장지현은 소중한 친구에게 배신당했다며, 사랑하는 사람한테 배신당하는 일은 죽기보다도 힘든 고통이라며 세상 모든 슬픔을 혼자 짊어진 사람처럼 울기 시작했다.

수연은 긍정도 부정도 하지 않고 잠자코 듣기만 했다. 장지현은 친구와 자기가 한 짓을 여과 없이 털어놓았다. 듣다 보니 장지현의 그 소중한 친구가 공범임을 알 수 있었다. 워낙 세간을 떠들썩하게 했던 사건이었음에도 알려지지 않은 이야기는 너무 끔찍했다. 공범의 정체는 언론 어디에도 알려진 바가 없었기에 수연은 적잖이 놀랐다. 어린 나이에 살인을 저지른 장지현도 끔찍했지만, 극악무도한 살인자를 통제하고 조종한 공범 역시 고약한 괴물이었다.

장지현은 서럽게 목 놓아 울었다. 친구가 없는 장지현에게는 무엇보다 소중하고 잃기 싫은 존재였겠지만, 수연이 보기에 장지현은 이용당하다 버림받은 셈이었다. 수연은 하는 수 없이 장지현을 안아주며 등을 토닥였다.

*

장지현이 수연을 졸졸 따라다니기 시작했다. 희정이 걱정스러운 눈으로 쳐다보며 장지현과 가까이 지내지 말라고 했지만, 수연은 걱정하지 말라는 말만 했다. 혹독한 신고식 덕분인지 장지현은 감방 안에서 조용히 지냈다. 멀뚱히 앉아 있는가 하면, 기괴한 그림을 그리기도 하고, 희정의 아기를 빤히 바라보기도 했다. 그럴 때마다 희정은 기겁하며 자리를 피했다. 밤이 되면 장지현은 혼자 깨어나 잠든 수연을 내려다보고는 했다. 수연은 오싹했지만, 꾹 참았다.

6

어느 날, 목공소에서 작업하는데 장지현이 연신 히죽거렸다.

"무슨 좋은 일 있니?"

이수연이 다가가 물었다.

"소중한 친구의 편지를 받았어요."

장지현은 누군가 물어봐주길 기다렸다는 듯 순순히 대답했다.

"재작년에 가석방되고 나서 한동안 소식이 없었는데, 드디어 오늘 편지가 왔어요."

"잘됐구나."

"나도 가석방되면 같이 미국 갈 거예요. 혹시라도 내가 가석방이 안 되면 친구가 보석금을 내서 꺼내준다고 그랬어요. 저보고 그때까지만 참고 지내래요."

기결수는 보석 청구를 할 수 없다고 말하려다 말고 수연은 미소를 지었다.

"그래? 정말 좋은 친구를 두었구나."

"그 친구가요, 재판 때는 변호사랑 부모님 때문에 어쩔 수 없이 날 배신했다며 미안하다고 용서해달래요."

"아……."

"그리고 많이 사랑한다고 꼭 보러 오겠대요."

수연은 응수하지 않고 장지현을 빤히 바라보았다. 장지현은 선물 받은 아이처럼 편지를 두 손으로 들고 가슴에 모았다가 다시 읽어보기를 반복했다.

"불쌍한 지현이."

"예? 뭐라고 말했어요?"

"뭐긴, '불쌍한 지현이'라고 했지."

"내가 왜 불쌍해요?"

"불쌍하지. 그렇게 이용만 당하니까. 또 버림받겠구나 싶어서."

수연이 이기죽거리며 말했다.

"내가 왜 버림받아요?"

장지현이 정색하며 따져 들었다.

"네가 아무리 아는 게 많아도, 그 친구한테는 한참 모자라는 것 같은데?"

"내가 뭐가 모자라? 나는 천재야!"

"넌 보석 청구할 수 없어. 안 받아준다고. 몰랐니? 이런, 불쌍한 지현이."

"나 안 불쌍해! 안 불쌍하다고!"

장지현이 발작하듯 소리를 질렀다.

"그렇게 속았으면서 또 속니? 어차피 나중에 자기 부모님 때문에 널 버렸다고 하겠지. 개는 널 사랑하지 않아."

"아니야!"

장지현이 수연에게 달려들어 밀치려 하자 수연이 살짝 몸을 피했다. 장지현은 앞으로 고꾸라졌다. 수연은 잽싸게 장지현의 손에서 편지를 뺏어 들었다. 수연이 뒷걸음치며 편지를 찢으려 하자 그 모습을 본 장지현이 수연에게 달려들었다. 육중한 몸에 부딪히자 수연은 뒤로 튕겨 나가 쓰러졌다. 장지현이 악을 쓰며 편지를 빼앗으려 했지만, 수연은 편지를 품 안에 넣고 몸을 잔뜩 웅크렸다. 장지현은 주먹을 마구 휘두르며 수연을 때리기 시작했다. 수연이 버티자 각목을 들고 오더니 수연을 마구 후려쳤다.

수연은 피하지 않고 그저 맞고만 있었다. 각목이 몸을 훑고 지날 때마다 중환자실에 누워 있을 수호를 떠올렸다. 아니, 이제 곧 병동으로 옮겨 휠체어를 타고, 목발을 짚고, 조금씩 난간을 짚고 걸어 다닐 수호를 생각했다. 무거운 짐 대신 가방을 메고, 공장 대신 도서관에 가고, 대학을 졸업하고, 남색 정장을 입고, 어깨를 쭉 펴고 자신 있게 미소 짓는 수호를 떠올렸다. 못난 누나여서 해 준 것도 없는데 이렇게라도 보태줄 수 있으니 다행이라고 생각했다.

우지끈 소리가 나더니 각목이 두 동강 났다. 울부짖는 짐승 소리가 들리더니 땅바닥에 각목이 나뒹굴었다. 장지현이 수연의 몸 위에 올라타 목을 조르기 시작했다. 수연은 장지현의 손에서 벗어나려고 발버둥을 쳤다. 발에 차인 장지현이 나가떨어졌다. 장지현이 배를 움켜쥐고 일어나는 동안 수연이 캑캑댔다. 악에 받친 장지현이 수연을 두고 어디론가로 사라졌다.

수연은 일어나려 했지만, 제대로 몸을 못 가누고 다시 고꾸라졌다. 어느새 장지현이 식식대며 나타났다. 한 손에는 망치가 들려 있었다. 장지현은 콧김을 내뿜으며 수연에게 다가갔다. 모로 누운 수연의 왼손을 쭉 잡아 빼더니 바닥에 붙이고는 힘껏 내리찍었다.

수연이 외마디 비명을 지르자 사람들이 몰려왔다.

7

수연은 오도카니 앉아 있었다.

시퍼렇게 얼룩지고 퉁퉁 부은 눈 밑으로 말간 고름이 흘렀다. 입술은 찢어지고 피가 맺혀 숨을 쉴 때마다 겨우 옴짝거렸다. 간간이 미간을 찡그렸지만, 무표정한 얼굴에는 피곤이 가득했다.

칸막이 너머로, 남자는 그런 수연의 얼굴을 물끄러미 바라보았다. 남자는 두툼한 서류 가방에서 문서 몇 장을 꺼내어 짧게 서류를 훑어보더니 입을 열었다.

"상대 재소자는 특수폭행 및 살인미수로 기소되어 가석방이 취소되었습니다. 가중처벌로 형기가 더해졌으니 가석방의 기회는 없을 겁니다."

수연은 말없이 듣기만 했다.

"이수연 씨가 애써주신 덕분에 일은 잘 마무리되었습니다. 일방적으로 폭행을 당하셨으니 출소에는 문제가 없을 겁니다. 소정의 사례금은 말씀해주신 계좌에 입금하였습니다. 안타깝게도 이수연 씨의 재심청구는 기각되었습니다. 그리고……."

남자는 잠시 머뭇거리다가 말을 이었다.

"동생분 소식은 유감입니다."

수연의 숨소리가 거칠어졌다. 울지는 않는데 눈이 빨개졌다. 남자가 옅은 한숨을 내쉬었다.

"모쪼록 건강 유의하시고 무사히 출소하시길 바랍니다."

남자가 일어서는데 수연이 입을 열었다.

"잠깐만요."

남자는 수연을 내려다보았다.

"나, 출소해도 갈 데가 없어요."

그제야 남자는 수연을 찬찬히 훑어보았다. 앉아 있을 때는 가려져서 보이지 않았던 수연의 전신이 눈에 들어왔다. 잔뜩 움츠려서인지 비쩍 마른 체구가 더 작아 보였다. 한쪽으로 기울어진 채로 엉거주춤 앉아 있는 수연은 손가락뼈가 다 으스러진 왼손을 부여잡고 있었다. 여기저기 노랗게 번져나간 멍 자국과 뜯긴 상처가 보였다. 수연은 미세하게 떨고 있었다.

스물다섯, 꽃다운 나이였다. 이제 갓 부모의 울타리를 벗어나 사회에 적응하기 시작할 나이였다. 사랑을 주고받고, 자신의 정체성과 미래를 고민할 시간에 혹독한 삶에서 살아남기 위해 몸부림치는 법부터 배워야 했다. 어찌 됐건, 수연은 짐승들과의 싸움에서 두 번의 죽을 고비를 겪었고 두 번 다 살아남은 셈이었다.

남자가 수연을 향해 입을 열었다. 수연은 그의 말에 천천히 고개를 끄덕였다.

"출소 후에 뵙겠습니다. 그럼."

남자는 정중히 인사하고 나서 접견실을 나갔다.

8

엘리베이터 문이 열리고 박용희가 내렸다. 화려한 트위드 정장 차림의 박용희가 호텔 로비에 들어서자 직원들은 일제히 일어나 인사했다. 경쾌한 발걸음을 옮기며 온화한 미소로 화답하는 용희를 보면서 직원들은 저마다 애정과 동경의 시선으로 바라보았다.

호텔 모르페우스는 박용희의 부친, 박상만 의원이 낡은 주차장 빌딩을 매입하여 용희에게 증여한 다음, 몇 년이 지나고 나서

비즈니스호텔로 재건축한 건물이었다. 객실 규모는 작지만, 광안리 해변이 내려다보이고 상업 지구와 가까워 유흥을 즐기는 젊은이들과 여행객에게 제법 인기가 많았다. 입소문을 타고 찾아온 젊은 남녀들은 맨정신으로는 채울 수 없는 밤의 욕망을 여기 모르페우스에서 채웠다.

언제 나타났는지, 박용희의 비서 김지현이 따라붙었다. 김지현은 용희의 손짓 하나, 눈짓 하나에도 촉각을 세우며 온몸으로 충성을 내비쳤다. 그런 김지현을 바라보는 용희의 입꼬리가 살짝 올라갔다. 김지현은 종소리만으로도 침을 흘리는 개처럼 고개를 더욱 조아렸다.

"의원님께서 와 계십니다."

용희가 이맛살을 찌푸렸다.

"아니, 왜? 무슨 일 있대?"

"잘 모르겠습니다."

용희는 짜증 내며 사장실로 들어갔다. 박상만이 소파에 앉아 차를 마시고 있었다. 그 옆에는 보좌관 김용준이 서 있었다. 박용희는 용준을 보자 마뜩잖은 듯 윗입술을 씰룩거렸다.

'저 인간도 왔네. 기분 나쁜 인간.'

박용희는 용준을 볼 때마다 신경이 거슬렸다. 유능한 변호사에다 아버지가 신뢰하는 심복이지만, 왠지 속을 꿰뚫어 보는 것 같아 섬뜩할 때가 있었다.

"오셨어요?"

박용희가 소파에 털썩 앉았다. 박상만은 눈길을 주지도 않고, 차를 후룩 마셨다. 어색한 침묵을 견디지 못하고 박용희가 먼저 입을 열었다.

"또 무슨 일인데요?"

박상만은 찻잔을 내려놓고 소파 등받이에 등을 기댔다. 굳게 다문 입술을 실룩거렸지만, 선뜻 입을 떼지 않았다. 박상만은 딸을 바라보았다. 자기와 닮은 구석이 어디 있는지 찾아보려 해도 도무지 찾을 수가 없었다. 성형과 화장 덕분에 텔레비전에서 본 연예인이나 번화가에서 흔히 보이는 젊은 여자의 얼굴과 가까워 보였다. 박상만의 미간에 주름이 깊게 파여갔다.

"너 요즘도 이상한 짓 하는 거 아니지?"

"요즘'도'라니요, 무슨 말이 그래요?"

박상만은 혀를 찼다. 아무리 딸이지만, 하는 짓마다 괴이하기 짝이 없었다. 그래도 자식 이기는 부모 없다고 부정(父情)은 늘 자식 편에 서야 했다. 그것은 옳고 그름의 문제가 아니었다. 권력을 가진 자만이 누릴 수 있는 특권이었다.

박상만은 용희 말을 무시하고 말을 이었다.

"걔는 잘 처리했다. 평생 감옥에서 썩게 만들어놨으니, 문제없을 거야. 너도, 앞으로 행실 똑바로 해!"

용희는 김용준을 힐끔 바라보았다.

'아아, 아빠가 키우는 개가 또 한 건 했네.'

"그렇게 걱정되시면 그때 처벌받고 정신 차리게 내버려두지,

왜 그러셨어요? 거물급 변호사를 넷이나 쓰시고. 언론도 잘 구워 삶으시고. 돈 꽤나 처발랐을 거야."

용희가 조롱하자 박상만은 버럭 소리를 지르며 찻잔을 던졌다. 깨진 도자기 파편이 사방으로 튀자, 놀란 김지현이 입을 틀어막았다.

'그럼 그렇지, 차라리 개가 똥을 끊지.'

용희는 언제나 한결같은 아버지의 모습에 마음이 놓였다. 아직 죽을 날이 멀었다는 뜻이고, 여전히 자식 뒤치다꺼리를 할 수 있음을 의미했다.

"아무튼 고마워요, 아빠."

용희가 히죽거리자 상만은 더욱 분을 참지 못하고 자리에서 일어섰다. 역정 내며 나가는 상만을 따라 김용준이 따라가고 그 뒤로 김지현이 급히 배웅하러 나섰다. 줄줄이 나가는 모습을 보며 박용희는 웃음을 터뜨렸다.

"불쌍한 우리 지현이. 이 지현이도 불쌍하고, 저 지현이도 불쌍하고."

다시 돌아온 김지현이 재빠르게 일정 보고를 마치자 용희가 물었다.

"홀덤 펍 오픈 미팅은 내일이지 않아?"

"네, 그랬는데요, 빨리 결정하고 싶다고 그쪽에서 일정 조정 요청이 있었습니다. 마침 사장님 시간도……."

"아아, 알겠어!"

용희가 손을 들어 말을 막자 김지현이 움찔했다.

"아니, 김 비서, 왜 그래? 누가 보면 내가 너 때리는 줄 알겠다."

용희가 일어나 회의실로 향했다.

커다란 회의실 안에는 젊은 여자가 서 있었다. 단정하고 기품 있는 여자의 뒷모습을 보자 용희는 눈을 반짝였다. 인기척에 여자가 몸을 돌렸다. 용희는 눈웃음을 지으며 과장된 몸짓으로 악수를 청했다.

"어머, 안녕하세요? 처음 뵙겠습니다. 박용희예요."

"이수연입니다."

여자가 손을 살짝 잡았다. 은은하고 고급스러운 향기가 용희의 코를 기분 좋게 자극했다. 용희의 시선이 여자의 왼손으로 향했다.

용희의 얼굴에서 웃음기가 사라졌다. 두툼하고 딱딱해 보이는 손. 의수였다. 용희는 자신도 모르게 그 왼손을 물끄러미 바라보았다. 여자는 그런 용희를 보며 여유 있는 미소를 지어 보였다.

40선(死靈線)
: 영혼을 죽이는 선

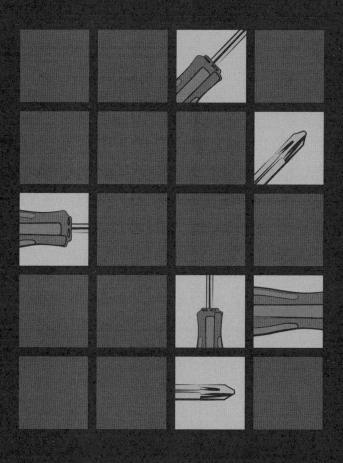

유재이

1989년생. 대학에서 심리학을 전공했다. 「검은 눈물」로 2022년 계간 『미스터리』 신인상을 수상했다.

출(出)

뭐 해? 잠깐 통화 가능해? 나 또 집 나왔어. 왜긴 왜야, 싸웠지. 이번에는 진짜 심각해. 임신 테스트기를 들켰거든. 네 말대로 신발장 구석에 숨겨놨는데 하필 그 새끼가 당근마켓에 자기가 안 신는 신발을 팔겠다잖아. 식탁 정리하다 말고 뛰어갔을 때는 이미 그 새끼 손에 임신 테스트기 두 개가 쥐어져 있었어. TMI긴 하지만 우린 몇 달째 관계를 갖지 않았거든. 단번에 알아챘겠지, 그게 뭘 의미하는지.

다시 조용히 부엌으로 가서 그릇들을 싱크대에 나르고 있는데 그 새끼가 '너 또 딴 새끼 만났냐?'라고 소리쳤어. 그러더니 곧장 다가와서 임신 테스트기를 내 얼굴에 던지는 거야. 내가 무시하고 그릇을 식기세척기에 넣고 있으니까 그 새끼가 그러더라. 그거 누가 사줬냐고. 쥐꼬리만 한 돈 벌어오면서 생색은. 계속 무시하니까 열 받았는지 또 못된 버릇이 나오더라고. 나를 다짜고짜 끌고 소파로 데려갔어. 근데 병원에서 나보고 조심하라 했잖아. 너무 걱정되는 거야. 배 위에 올라탄 그 새끼한테 소리치면서 반항하니까 나를 마구 때리기 시작했어. 그것도 비열하게 배 위주로. 울며 겨자 먹기로 끝날 때까지 가만히 당하고 있을 수밖에 없었지.

남은 설거지를 하고 있는데 눈물이 주룩주룩 흐르더라. 내가 왜 이런 꼴을 당하고 살아야 하는지, 아직 20대 초반밖에 안 됐는데 평생 이렇게 살아야 하는 건지. 그때 내 손에는 식칼이 들려 있었어. 바로 눈이 돌아버렸지. 그 새끼 죽이고 나도 죽자.

얘, 설마 내가 진짜로 그랬겠니? 아니야, 그런 거. 누워 있는 그 새끼 면상에 욕 한 바가지 퍼붓고 나온 게 다야. 이쪽도 슬슬 정리해야겠어.

아이 씨, 근데 이 씹새끼가! 아, 미안. 깜짝 놀랐어? 아니 그 새끼가 차 키를 또 가져간 거 같아. 내가 가져가지 말라고 그렇게 얘기했는데. 분명 패딩 주머니 안에 넣어놨거든? 근데 없어. 다시 가서 가지고 나오라고? 안 돼. 또 그 집 들어가기 싫단 말이야.

내가 알아서 할 테니까 넌 신경 쓰지 마. 나 오늘 갓벽 남친 만나서 임신 사실도 얘기하고 앞으로의 계획도 좀 구체적으로 그려보려고. 갓벽이 듣기 거북하다고? 야, 완벽 그 이상의 남자 맞잖아! 너 대기업 남자 만나기가 어디 쉬운 줄 아니? 게다가 잘생겼지, 다정하지, 집안 풍족하지, 심지어 키까지 크지. 데이트 앱에서 이런 남자는 탑티어라고. 이번에는 절대 안 놓칠 거야. 내 인생 마지막 기회일 수도 있다고. 나도 남들처럼 생활비 꼬박꼬박 타가면서 평탄하게 살아보자, 좀. 그 사람이 다는 모르지 않냐고? 아직은 모르지. 아, 몰라. 일단 그건 나중에 생각할래.

이거 얼마예요? 여기 구두는 안 팔아요? 야, 잠깐만. 나 옷 좀 사느라고. 이 꼬락서니로 데이트하러 갈 순 없거든. 요즘 입덧 때문에 살도 빠졌는데 몸매 드러나는 걸로 살까? 그래, 오늘은 섹시 컨셉이다! 나 옷 고르는 동안 네 이야기도 해봐. 저번에 만났다던 그 남자랑은 어떻게 됐어? (…)

이야, 제일 싼 모텔 아니랄까 봐 귀신 나올 것 같은 곳이네. 야, 늙은 년이 혼자 카운터 보고 있는데 젊은 년 혼자 온 게 수상했는지 내 얼굴 보려고 한참이나 훑어보더라니까. 내가 패딩 모자 뒤집어쓰고 마스크까지 쓰고 있었거든. 복도도 어두컴컴한 게 일부러 전기료 아끼려고 불 꺼놨나 봐. 뭐, 나한텐 잘된 일이지만.

방에 들어왔어. 이제 여기서 씻고 준비해서 데이트하러 가야겠다. 아, 너도 다시 들어가봐야 한다고? 알았어, 나중에 또 전화할게!

*

　자다 깬 목소리네. 오늘 알바 안 갔어? 아, 쉬는 날이구나. 야, 점심 먹을 시간이야. 그만 자고 일어나.

　나 지금 어디 있게? 맞았어! 남친님이 흔쾌히 동거를 허락하셨다, 이거야. 너랑 저번에 통화한 날부터 쭉 여기서 먹고 자고 있어. 남친한테 아기 초음파 사진 보여줬더니 너무 좋아하더라. 다음 검진 때 같이 가기로 약속까지 했다니까? 나 산부인과에 남자랑 같이 가는 거 처음이야. 맞다, 저번에 내가 기형아 검사했다고 얘기했었나? 오늘 결과 문자 왔는데 다행히 정상이래. 내가 중절도 자주 하고 그래서 내심 걱정했는데 잘됐지 뭐니? 남친한테 더 당당하게 어필할 수 있겠어. 내 생각에는 아들인 것 같아. 요즘 어찌나 고기가 땡기는지. 나 원래 고기랑 느끼한 거 별로 안 좋아했잖아. 근데 그런 것들만 찾아서 먹고 있다니까. 오늘 점심도 삼겹살 배달시켜서 먹었잖니. 아아, 남친님 똑 닮은 아들 낳으면 좋겠다. 그 전에 해결할 것들 빨리 해치워야 하는데.

　어휴, 냄새! 아니, 내가 나중에 빨려고 남친 몰래 숨겨놓은 게 있는데 오래 뒀더니 냄새가 확 나네. 내가 집 나올 때 입었던 옷. 안 되겠다, 그냥 버려야겠어. 싸구려 옷이니까 아깝지도 않아. 아니지, 괜히 버렸다가 들키면 어떡해? 하, 비린내가 진동하네. 아, 아니야, 그냥 혼잣말하는 거야.

　악, 뭐야! 이거 왜 이래? 부, 불! 싱크대에서 옷 태우고 있는데

불이 너무 확 붙어버렸어! 물을 틀라고? 히익! 뜨거워서 손을 못 대겠는데? 그래, 고무장갑! 어흑, 콜록콜록. 물 틀었는데, 콜록. 연기가 너무 심해. 야, 경보기 작동됐나 봐, 너무 시끄러워. 뭐라고? 잘 안 들려! 창문부터 열라고? 아 씨, 남친님한테 들키면 안 되는데. 관리 사무실에 아무 일 아니라고 빨리 연락해야겠다. 일단 끊어봐, 나중에 다시 전화할게!

가(家)

굳게 닫힌 현관문 앞에 맨발의 아이가 서 있다. 한참을 서 있던 아이가 발걸음을 옮겨 집 안으로 들어선다. 거실 소파에 누워 있는 남자를 향해 종종걸음을 치다 멈춰 서는 아이. 남자의 벌건 두 눈은 천장을 향해 있고 복부를 감싸 쥔 두 손은 피로 범벅되어 있다. 소파의 굴곡을 따라 끈적한 핏방울이 바닥으로 뚜ㅡ욱, 뚜ㅡ욱, 천천히 떨어져 내린다.

"아……빠?"

아이의 발치에 미끌미끌한 피로 뒤덮인, 당장이라도 튀어 오를 것 같은 식칼 하나가 놓여 있다. 아이가 남자의 허벅지를 두 손으로 붙잡고 흔든다.

"삼촌!"

미동 없는 남자를 바라보는 아이의 두 눈이 커진다. 아이의 눈

두덩이가 붉게 달아오르려던 순간, 아이가 세차게 머리를 흔든다. 삼촌은 잠꾸러기니까 평소와 다름없이 깊은 잠에 빠진 것뿐이야, 하고 생각하며 아이는 현관을 마주한 방으로 도망치듯 걸어간다.

아이가 바닥에 떨어져 있는 책 하나를 집어 든다. 진지하게 책을 바라보고 있지만, 아이의 손은 책을 거꾸로 들고 있다. 책을 노려보던 아이가 한쪽 벽면에 세워진 3단짜리 책장으로 다가간다. 책장 두 번째 칸에 크레파스들을 모아놓은 투명 원통이 놓여 있다. 아이가 팔을 뻗어 손에 잡히는 크레파스 하나를 꺼내 든다. 노란색 크레파스다. 방문 바로 옆 벽에는 아이의 키를 재는 기다란 포스터가 걸려 있다. 아이가 포스터를 들추자 알록달록한 사선 여러 개가 나타난다. 아이가 노란 사선 하나를 주욱 그려 넣는다. 아이의 고개가 바닥으로 향한다. 금방이라도 울 것 같은 표정이다. 아이가 한 손으로 잡고 있던 포스터를 벽에 내던지자 접착식 고리에 매달린 포스터가 흔들린다. 아이는 털조끼 주머니 속에 크레파스를 집어넣고 휙 돌아선다.

방 안은 아이가 입었던 옷들과 장난감, 인형, 각종 쓰레기로 어지럽다. 아이는 그사이를 자유롭게 돌아다닌다. 아이의 발에 돌돌 말린 기저귀들이 채이지만 아이는 그대로 밟고 지나가거나 옆으로 밀어내며 신경 쓰지 않는다. 아이가 바닥에 엎어진 토끼 인형을 집어 들어 끌어안는다. 그리고 토끼 귀에 대고 속삭인다.

"괜찮아, 괜찮아."

아이는 토끼의 등을 한 손으로 토닥토닥하며 불과 몇 분 전의 일을 떠올리듯 바닥의 한 곳을 응시한다.

"토끼야, 아빠, 아니 삼촌이 엄마한테 또 소리 질렀어. 엄마가 없을 때면 삼촌이라고 불러야 하니까 너도 아빠라고 부르지 않게 조심해야 해! 삼촌이…… 엄마를 소파로 끌고 갔어. 악당이 공주를 데려가듯이. 쉬잇……. 삼촌이 엄마 배 위에 올라타 있었어. 삼촌은 무거운데. 엄마가 오래 울었어. 삼촌은 엄마가 울어도 쿨쿨 잠만 자. 그런데 말이야. 삼촌 코 고는 소리가 컥컥하는 기침 소리로 바뀌더니 다시 쉬잇! 조용해졌어. 그리고 엄마는…… 또 나가버렸어."

똑같은 말을 몇 번이고 반복하던 아이가 까무룩 잠이 든다. 한참 후 잠에서 깬 아이는 어둠을 마주한다. 어둠에 익숙한 아이가 두 눈을 천천히 감았다 뜨며 잠시 기다린다. 사물의 형체가 어렴풋이 보이자 "됐다!" 하고 내뱉으며 아이가 거실로 나간다. 아이의 발걸음이 다급하다. 혹시나 하는 기대감이 반영된 것이리라. 거실과 화장실, 엄마와 삼촌이 머무는 방까지 모두 둘러본 아이가 소파에서 멀찍이 떨어져 검은 형체를 향해 큰 소리로 묻는다.

"삼촌! 아직도 자~요? 왜 이렇게 오래 자요?"

아이가 남자의 얼굴 근처로 다가서지만, 얼굴을 바라보지는 않는다.

"엄마는 언제 와요? 삼촌, 엄마는요?"

남자의 몸 어딘가에서 부웅, 하고 파리 한 마리가 날아오른다.

"시아 배고픈데……. 먹을 거는요?"

아이의 모든 말은 물음표로 끝나지만 대답해주는 이는 아무도 없다. 사방이 고요하다. 아이는 "그만 자고 이제 일어나요" 하고 작게 중얼거린다. 아이는 남자에게서 몸을 돌려 천천히 부엌 쪽으로 향한다. 그러다 아이의 왼발이 바닥에 떨어져 있던 칼에 닿아 칼이 앞으로 쭉 밀리며 아이가 뒤로 넘어진다. 아이가 가만히 천장을 바라본다. 밤의 그림자가 일렁이고 있다.

"아파."

아이가 끝내 울음을 터뜨린다. '아파'와 '엄마'가 아이의 입에서 뒤섞여 흘러나온다. 그러나 아무도 듣지 않는 아이의 울음은 짧다. 언제 넘어졌냐는 듯 자리에서 일어난 아이가 다시 부엌의 냉장고로 향한다. 냉장고 문을 열자 빛으로 인해 주위가 잠시 밝아진다. 아이가 남자 쪽으로 고개를 돌리려다 멈춘다. 냉장고 안에는 초록색 병과 갈색 병, 하얀 배달 용기 몇 개가 들어 있다. 아이의 손이 닿는 야채 칸 속에는 아이가 싫어하는 당근 하나가 푸릇한 싹이 자란 채 들어 있다. 아이가 냉장고 문을 힘없이 닫는다.

다시 사방이 어두워졌지만 아이는 몸 한 번 부딪히지 않고, 발걸음 하나 헛디디지 않고 화장실로 곧장 걸어간다. 아이가 세면대 아래 놓인 디딤 의자를 꺼내 그 위에 올라서서 수도꼭지를 튼다. 차가운 물이 쏴아 쏟아져 나오고 아이는 두 손을 마주 모아 물을 담은 다음 그 위에 입술을 가져다 댄다. 몇 번의 우물질을 통해 목을 축인 아이가 의자에서 내려와 다시 방으로 들어간다.

아이를 따라 물방울이 똑똑 떨어져 내린다. 잔뜩 몸을 웅크린 아이가 바닥에 나뒹굴고 있는 수건 중 가장 냄새가 나지 않는 것을 골라 자신의 몸에 두른다. 그리고 모여 있는 인형들 사이에 모로 눕는다. 가만히 누워 현관문 쪽을 바라본다. 언젠가 엄마가 들려줬던 자장가를 떠올려보려 하지만 멜로디가 생각나지 않는다. 허밍이라도 해보려는데 자꾸만 목이 메어 소리가 나오지 않는다. 아이는 좀처럼 들지 않는 잠을 억지로 청하듯 두 눈을 꽉 감는다.

*

아이의 몸은 이제 볼품없이 말랐다. 아이는 더는 남자를 부르지도, 쳐다보지도 않는다. 집 안에서 풍기는 악취를 남자의 시취가 집어삼키면서 코마저 마비된 듯, 아이는 모든 것에 무감해 보인다. 곳곳에 벌레들이 가득하다. 남자의 몸에서는 쉴 새 없이 새 생명이 태어나고 있다. 바닥에는 빈 빵 봉지와 빈 우유갑 몇 개가 바싹 말라버린 낙엽처럼 굴러다닌다.

아이의 목에서는 쇳소리가 난다. 아이가 냉장고로 기어가 문을 연다. 야채 칸에서 당근을 꺼내 바닥에 내려놓는다. 당근의 싹은 한층 더 맹렬하게 자라 있다. 뿌리 쪽에 아이의 잇자국 몇 개가 나 있다. 아이는 예전에 자신이 밟고 넘어진 칼이 근처에 있음을 알아차린다. 그리고 엄마가 칼로 과일들을 잘라주던 것을 기억해낸다. 아이는 칼을 끌고 와 두 손으로 맞잡고 당근 위에 올려 놓는다. 엄마가 하던 것을 따라 해보려 하지만 당근은 꿈쩍도 하지 않는다. 칼을 손에서 놓친다. 잡고 놓치기를 반복하다 아이의 왼쪽 손바닥이 칼에 베인다. 황급히 칼을 내동댕이친 아이는 칼에 미끄러져 넘어진 순간을 기억한다. 칼은 무섭다. 삼촌을 오래도록 자게 하고, 나를 해치려고 하는 무서운 것이다. 아이는 조심스럽게 칼자루를 쥐고 비밀의 장소로 가 그것을 숨긴다.

방으로 다시 돌아온 아이가 왼손을 바라본다. 붉은 자국이 생겼지만 피는 나지 않는다. 자국을 살살 문지르며 아이가 장난감과 인형들을 물끄러미 바라본다.

"나도 삼촌처럼 쿨쿨 잠만 잘 수 있으니까……. 토끼 네 자리는 여기야. 사자는 이쪽에 누워 있고, 원숭이 너는 어디에 있을래? 맞다, 엄마가 엄마 인형에는 왕관을 씌워주라고 했었는데. 자, 내가 아끼는 왕관을 씌워줄게. 그리고 이 문을 열고 나가서……."

아이가 인형들을 가지고 노는 사이 방 안에는 어둠이 내려앉는다. 빛나는 곳은 달빛이 들어오는 창문뿐이다. 아이는 색을 잃어버린 잡동사니 속에서 두툼한 수건 여러 개를 골라 몸에 두르고 창문 아래로 기어간다. 외풍이 들어 훨씬 추웠지만 아이는 며칠째 그곳에서 현관문을 바라보며 잠이 든다.

'이곳이라면 엄마가 재빨리 시아를 알아볼 수 있을 거야.'

아이가 가쁜 숨을 몰아쉰다. 덜덜 떨리는 몸을 잔뜩 움츠린다. 악몽이라도 꾸는 듯 괴로운 표정을 짓는다.

띠띠 —띠띠 —띠 —

철커덕.

현관 등 센서가 켜지면서 긴 생머리에 캡 모자를 쓰고 하얀 마스크를 낀 여자가 집 안으로 들어선다. 아이가 두 눈을 부릅뜬다. 긴 머리 여자는 흡, 하며 한쪽 팔로 얼굴을 가리더니 다른 한 손으로 다급하게 휴대폰 플래시 라이트를 켠다. 그녀는 열린 방문을 지나쳐 곧장 거실로 걸어간다. 잠시 뒤 여자의 새된 비명이 들린다.

"히, 히익!"

여자가 현관 쪽으로 뒷걸음질 친다. 그러고는 헛구역질을 해댄다. 그녀는 반사적으로, 이제 막 나오기 시작한 배를 부여잡는다. 그러다 결심이라도 하듯 목을 가다듬은 여자가 다시 거실로 향한다. 아이가 눈동자를 쉴 새 없이 굴린다. 몸을 움찔거려보지만 아이의 굽은 등은 미동도 하지 않는다. 거실 바닥에 엎드린 여자가 곳곳에 플래시 라이트를 비춘다. 작게 "아이 씨, 어디 있는 거야"라며 중얼거리는 소리가 들리고 그토록 바라던 목소리를 들은 아이는 소리 없이 "엄 —마"하며 입을 벙긋한다. 한참을 여기저기 뒤적이던 여자가 그제야 생각이 난 듯 방문 쪽으로 걸음을 옮긴다. 여자의 휴대폰에서 뿜어져 나온 빛이 방 안 이곳저곳을 비춘다. 마침내 라이트가 창 아래 검은 형체를 비추자 여자가 속삭인다.

"시아야?"

그때, 겨울바람이 세차게 창문을 뒤흔들고 벼락과도 같은 덜컹거림이 방 안을 가득 채운다.

"으악!"

여자가 비명을 지르며 현관문을 열고 밖으로 뛰쳐나간다. 잠시 후 현관의 센서 등이 뚝, 하고 꺼지자 아이의 두 눈에도 초점이 사라진다. 주먹을 쥐고 있던 아이의 손바닥엔 손톱자국이 선명하다. 아이가 털조끼 주머니 속에서 무언가를 꺼낸다. 움직거리는 아이의 손이 굼떠지면서 서서히 멈춘다.

이 집에 머무는 이는, 이제 아무도 없다.

외(外)

"경찰도 못 찾은 걸 저희가 찾을 수 있을까요?"

윤 수사관이 심드렁한 표정으로 말했다. 정 계장은 그런 윤 수사관의 질문에 대꾸하지 않고 떨어져 나간 폴리스 라인을 흘끗 바라본 뒤 현관문을 열었다.

묵었던 공기가 훅 떠올랐다. "어휴, 냄새가 좀 남아 있네요"라고 말하며 윤 수사관이 마스크를 얼굴 가까이 밀착시켰다. 정 계장의 시야에 현관을 마주한 방이 들어왔다. 피해자2(이시아)가 발견되었던 곳이다. 그들은 말없이 각자 걸음을 옮겼다. 윤 수사관은 거실 쪽으로, 정 계장은 방 안쪽으로.

경찰은 집 안은 물론 피의자 이미연의 이동 경로와 동거 중인 남자친구 박정학의 집까지 샅샅이 수색했지만 끝내 범행 도구를 찾지 못했다. 사건 담당 검사는 법원에 공소장을 넘기기 전, 정 계장에게 마지막 현장 수색을 지시했다. 범행 도구는 직접증거인 만큼 유죄판결에 결정적인 역할을 한다. 더구나 피의자 이미연은 피해자1(고형만)이 자신을 칼로 위협하며 강간했기 때문에 어쩔 수 없이 몸싸움하다 일어난 사고였다고, 즉 정당방위를 주장하고 있었다.

방 안의 풍경이 낯익었다. 며칠 내내 보아온 기록 속 사진과 거의 같았다. 숱한 수색을 하면서도 현장을 잘 보존해놓은 경찰 덕분이었다. 정 계장은 방문 입구에 서서 사방을 찬찬히 훑어보았다. 어딘가에 숨어 있을 귀신을 찾아내는 무당처럼 그녀의 동그란 무테안경 속 눈은 날카롭게 빛났다. 정 계장의 눈에 기다란 키재기 포스터가 들어왔다. 그녀는 포스터 쪽으로 다가가 무릎을 굽혔다. 부검 감정서에 명시된 아이의 키는 약 89센티미터. 그녀는 포스터에서 해당 위치를 찾아 아이의 생전 모습을 가늠했다. 앉아 있는 자신과 나란히 눈 맞춤을 할 수 있는 키였다. 벽에는 80센티미터 언저리에서 표시가 멈춰 있었다. 그녀가 아이의 마지막 키를 손톱으로 벽에 긋고 있는데 포스터가 투둑, 소리를 내며 바닥으로 흘러내렸다.

수많은 사선이 나타났다. 길고 짧은 다양한 색깔의 사선들이 하얀 벽의 일정한 부분을 가득 메우고 있었다. 마치 무지개 비가 내리는 것처럼 보였다. 정 계장은 잠시 바닥에 놓아두었던 사건 기록을 집어 들어 현장 사진들을 빠르게 훑어보았다. 어디에도 사선은 없었다. 키재기 포스터가 가리고 있어 경찰이 미처 발견하지 못한 듯했다. 정 계장은 재킷 안주머니에서 니트릴 장갑을 꺼내 손에 끼고 바닥에 떨어진 접착식 벽고리를 집어 들었다. 접착 면 부분이 닳아 떨어진 듯했다. 정 계장은 사선들을 자세히 들여다보았다.

'크레파스인가? 크레파스라면…… 아이가 마지막에 발견됐을 때도 쥐고 있던 건데. 아이가 칠해놓은 거겠지? 왜 포스터 뒤에 그려놨을까? 이것들은 도대체 뭘 의미하는 거지?'

산발적인 생각을 하며 그녀는 손으로 사선 하나하나를 짚어 숫자를 세어보았다. 정확히 서른아홉 개였다. 그녀는 휴대폰을 들어 습관적으로 사진을 찍었다. 단순한 낙서일 확률이 높다고, 그녀는 잠시 숙제를 미뤄두듯 몸을 돌려 방 안으로 시선을 옮겼다.

그녀와 마주한 벽에는 핑크색 주방 놀이 기구가 세워져 있었다. 그녀의 초등학생 딸이 죽은 아이 나이쯤 자주 가지고 놀던 것이었다. 주방을 그대로 축소해놓은 모양으로 두 개의 화구와 싱크대, 전자레인지, 냉장고, 오븐까지 모두 달려 있었다. 조리 도구와 음식 모형들까지 현실감 있게 만들어져 그녀는 자신의 어릴 적과 비교하며 자주 감탄하곤 했다.

방 한가운데에는 국민 문짝이라고 불리는 뽀로로 뮤직하우스 장난감도 놓여 있었다. 주택의 현관문을 본떠 만든 것으로, 문을 열고 들어갔다 나왔다 하면서 놀 수 있는 장난감이었다. 집 밖에는 '딩동' 소리를 낼 수 있는 초인종과 전등이 달려 있고 집 안에는 모형 변기와 전화기가 달려 있었다. 한 아이의 엄마이기에 장난감 사용법에 익숙한 정 계장은 전화기에 녹음 기능이 있다는 것을 기억해냈다. 그녀가 전화기의 재생 버튼을 조심스럽게 눌렀다.

"엄~마, 언제 와요~?"

피해자2의 생전 목소리가 흘러나왔다. 동시에 현장 사진 속 피해자2의 마지막 모습이 떠올랐다. 그녀의 목울대가 불에 덴 듯 뜨거워졌다. 둘 사이의 괴리가 그녀를 무겁게 짓눌렀다. 이를 강하게 물어 턱관절에 힘이 들어갔다. 범행 도구를 찾아야 한다, 반드시.

피의자 이미연은 피해자2의 죽음에 대해서도 자신은 책임이 없다고 주장했다. 피해자1에게 정당방위로써 칼을 휘두른 건 맞지만 다친 줄만 알았지, 죽었을 줄은 미처 몰랐다며. 그래서 피해자1이 병원에서 치료를 받은 후 피해자2를 잘 돌보고 있는 줄 알았다는 것이다. 피의자는 그 근거로 '사라진 칼'을 들었다. 피해자1이 자신의 강간 범행을 숨기려고 일부러 칼을 처리했고 이는 곧 그가 한동안 살아 있었음을 증명한다고 했다. 그녀는 피해자1과 피해자2가 잘 있는지 확인하기 위해 새벽에 다시 집을 찾았을 때에서야 피해자1이 죽었다는 것을 알았고 피해자2 역시 죽어 있었다고 진술했다. 당시 경찰에 바로 신고하지 않은 건 갑작스러운 비극에 어떻게 대응해야 할지 몰랐기 때문이라고 했다.

정 계장이 내내 굽히고 있던 몸을 일으키는데 방 안으로 윤 수사관이 들어왔다.

"계장님, 웬만한 곳은 다 찾아봤는데, 없습니다. 솔직히 경찰이 어지간히 뒤지지 않았겠습니까? 과도부터 문구용 칼까지 흉기가 될 만한 것들은 죄다 압수해서 감정도 받았던데요. 제 생각에 집 안에는 없습니다. 이미연이 분명 어딘가에 버렸거나 숨겼을 거예요. 범행 당시 입었던 옷도 태우지 않았습니까. 다시 이 집에 들렀을 때 범행 도구를 찾아서 가지고 나간 게 틀림없습니다."

정 계장이 고개를 살짝 흔들며 대답했다.

"문제는 그 부분에 대한 이미연의 거짓말탐지기 조사 결과가 진실 반응이었다는 거예요. 이 집에 다시 왔던 것도 진실, 범행 도구를 찾지 못했다는 것도 진실. 일단 집에서 일어난 사건이니 최대한 집에서 찾아보자는 게 검사님 취지입니다. 경찰이 미처 놓쳤을 수도 있는 포인트를 잡아내자는 거죠. 같은 방식으로는 같은 결과만 얻을 뿐이니까요. 전혀 다른, 색다른 시각이 필요해요. 가령, 나무 하나하나가 아닌 숲을 내려다본다든지⋯⋯."

방 안 이곳저곳을 훑어보며 대답하던 그녀가 문득 말을 멈췄다. 그녀의 두 눈에 뽀로로 문짝이 좌표처럼 들어왔다.

문짝을 기준으로 집 안쪽에 놓여 있는 단 두 개의 인형. 그리고 집 밖에 놓인 여러 개의 인형. 두 개의 인형은 주방 놀이 기구 근처에, 여러 개의 인형은 아이스크림 카트 장난감 근처에 놓여 있었다. 정 계장은 여러 개의 인형이 모여 있는 곳으로 다가가 눈에 띄는 인형을 살짝 들어 올렸다.

"커다란 티아라네요."

그녀는 티아라를 쓰고 앞치마를 맨 원숭이가 썩 어울리지 않다고 생각하며 인형들이 입고 있는 옷과 메고 있는 가방 속, 아이스크림 모형들까지 꼼꼼히 살펴보기 시작했다. 윤 수사관은 어깨를 으쓱한 뒤 거실로 발걸음을 옮겼고 곧이어 소파가 바닥을 끄는 소리가 들렸다.

'설마' '혹시' 같은 단어들이 정 계장의 입 안에 맴돌았다. 뽀로로 장난감 집 밖을 모두 수색한 그녀는 단 두 개의 인형만이 놓여 있는 집 안쪽을 수색하기 시작했다. 그녀는 가슴까지 가재 수건을 덮고 있는 사자 인형과 손수건으로 망토를 두른 토끼 인형을 바라보았다.

'사자는 자고 있고, 토끼는 망토를 두르고 있고……. 티아라를 쓴 원숭이는 집 밖에…….'

인형들을 살핀 뒤 주방 놀이 장난감에 손을 뻗으려던 그녀가 동작을 멈췄다.

just like home

장난감 하단에 빛바랜 영문 스티커가 붙어 있었다. 붙어 있는 줄도 모른 채 매번 지나쳤던 문구였다. 출발 신호를 받은 운동선수처럼 그녀는 각종 음식 모형들과 주방 기구들 사이로 무언가를 찾기 시작했다. 분명, 있어야 할 것이 보이지 않았다. 그녀는 모형 전자레인지와 냉장고, 오븐까지 모두 열어 확인했지만 반으로 갈라진 모형 당근 외에 나온 건 없었다. 싹이 달린 당근 모형을 손안에 굴리며 그녀는 현장 사진 속 냉장고 앞에 버려진, 바싹 마른 당근을 떠올렸다. 그녀는 확신했다. 아이는 집 안의 모습을 그대로 재현해놓고 있었다.

그녀는 주방 놀이 기구 왼편에 나란히 놓인 플라스틱 블록 기둥을 바라보았다. 경찰이 이미 들춰 봤기 때문인지 아귀가 딱 들어맞지 않았다. 그녀는 블록을 통째로 들어 올렸다. 투―둑하며 무언가가 떨어지는 소리가 났다. 블록이 세워져 있던 자리에, 장난감 미니 자동차와 장난감 칼이 놓여 있었다.

정 계장은 곧장 부엌으로 달려갔다. 욕지기를 내뱉으며 소파를 수색하고 있던 윤 수사관이 그런 정 계장을 향해 "왜 그러십니까?"라고 소리쳤다. 인덕션 밑에는 식기세척기가 설치되어 있었다. 기존에 있던 하부장을 들어내고 설치한 탓인지 걸레받이도 그 크기만큼 잘라낸 듯했다. 식기세척기는 주방 놀이 기구의 오븐과 모양이 비슷했다. 장난감 오븐 바로 왼편에 블록 기둥이 놓여 있었기에 정 계장은 바닥에 몸을 바짝 붙여 식기세척기의 왼편을 바라보았다.

가로 20센티미터, 세로 15센티미터의 조각난 걸레받이가 세워져 있었다. 걸레받이의 오른편을 주먹으로 툭, 툭 가볍게 밀어넣자 회전문 돌아가듯 나무 조각이 90도 가까이 꺾여 들어갔다. 그녀는 조심스럽게 네모난 블록을 들어내고 어두운 안쪽을 바라봤다.

하부를 받치고 있는 검은 기둥과 그 주위를 뒤덮은 거미줄, 빠르게 움직이는 개미들이 보였다. 곰팡이로 뒤덮인 정체 모를 것이 시멘트 바닥 곳곳에 널려 있었다. 정 계장은 휴대폰 플래시 라이트를 켰다. 그러자 번쩍하고 빛나는 것이 있었다. 그녀는 조심스럽게 손을 집어넣어 그것을 꺼냈다. 검붉은 피가 진득하게 말라붙어 있는 식칼이었다.

"이거, 범, 범행 도구 맞죠, 계장님? 그게 왜 이런 곳에……."

어느새 정 계장의 근처로 온 윤 수사관이 호들갑을 떨며 말했다. 정 계장은 구멍 안쪽을 향해 다시 라이트를 비췄다. 좌우로 천천히 흔들며 바라보는데 다시 작게 무언가가 반짝였다. 그녀는 팔을 더욱 깊숙이 집어넣었다. 땀으로 가득 찬 니트릴 장갑 너머 차갑고 반듯한 물체가 닿았다. 쑤욱 꺼내 주먹 쥔 손을 펼치자 손안에는 자동차 스마트키가 놓여 있었다.

정 계장의 눈시울이 순식간에 붉어졌다. 자동차 키는 어디 있냐는 경찰의 질문에 피의자는 자신이 멀리 도망가지 못하게 피해자1이 몰래 숨겨놓았을 거라고 진술했다. 하지만 키를 숨겨놓은 사람은 피해자1이 아니었다. 피해자2, 죽은 아이였다. 자동차 키를 가지고 나가면 오랫동안 돌아오지 않는 엄마를 알기 때문이었다. 정 계장의 입에서 짧게 신음이 터져 나왔다. 아이의 천진난만해야 할 삶이 엄마의 부재에 대한 두려움으로 점철된 것 같았다.

"자동차 스마트키까지……. 도대체 어떻게 된 겁니까, 계장님?"

윤 수사관이 증거물들을 번갈아 내려다보며 물었다.

"칼과 자동차 키를 숨긴 건 바로 죽은 아이였어요. 이곳이 아이의 비밀 장소였던 거죠. 아이는 자신의 엄마가 반드시 돌아올 거라고 믿었어요. 하지만 점점 버티는 힘을 잃어갔겠죠. 그래서 인형과 장난감을 통해 자신만의 방식으로 이 비밀 장소를 알려 준 거예요. 언젠가 없어진 물건을 찾으며 걱정하고 있을지 모를 엄마를 위해."

윤 수사관이 증거물들을 증거물 봉투에 봉하고 정리하는 동안 정 계장은 다시 방 안으로 들어갔다. 사그라들기 직전의 석양이 방 안의 모든 것을 붉게 태우고 있었다. 창 아래, 아이의 몸집만 한 작고 둥근 얼룩 역시 발갛게 타오르고 있었다. 정 계장은 얼룩 옆에 무릎을 세우고 앉았다. 범행 도구를 찾았다는 안도감도 있었지만 어쩐지 맥이 풀렸다. 가만히 아이의 자리를 바라보다가 모로 누워 아이의 얼룩과 마주 누웠다.

그때였다. 굵은 노란 사선 하나가 눈에 들어왔다. 그녀는 상반신을 일으켜 그것을 자세히 살펴보았다. 분명, 누군가 의도적으로 바닥에 그어놓은 것이었다. 그녀는 아이가 발견되었을 때 손에 쥐고 있던 노란색 크레파스를 떠올리곤 고개를 돌려 색색의 사선들이 수놓아진 벽을 바라보았다. 무지개 비를 맞으며 하염없이 현관문을 바라보는 아이의 뒷모습이 보이는 듯했다.

정리를 마친 윤 수사관이 방 안으로 들어와 얼룩 근처에서 옆드려 있는 정 계장을 귀신 보듯 바라보았다.

"계장님, 이번엔 또 뭐 하십니까?"

정 계장이 나지막이 물었다.

"윤 수사관, 이미연과 고형만의 카톡 분석 결과 이미연의 가출 횟수가 대략 몇 번이었죠?"

윤 수사관이 잠시 고민하다 자신 있게 대답했다.

"안 그래도 아동 상습 유기, 방임을 입증하려고 세어봤습니다. 정확히 서른아홉 번이었어요."

벽에 새겨진 사선도 서른아홉 개. 아이는 돌아온 엄마가 다시 나가는 모습을 바라보며 생의 마지막 선을 그은 것이다. 그렇게 아이 엄마의 마흔 번째 가출은 끝내 아이의 목숨을 앗아가고 말았다.

"마흔 번. 결과적으로 가출 횟수는 총 마흔 번이겠군요. 동시에 부작위에 의한 살인죄도 성립되겠고요. 변장한 이미연이 집에 들렀다 다시 나갈 때까지 아이의 숨은 아직 붙어 있었을 테니까요. 물론, 재판에서 이를 입증하는 게 쉽지는 않겠지만요."

정 계장의 목소리가 떨렸다. 마지막 순간까지 절박했을 아이의 마음이 고스란히 전해져오는 것 같아 가슴이 아팠다. 그녀가 천천히 몸을 일으켜 무릎을 꿇은 채 얼룩을 향해 속삭였다.

"저는 서울중앙지방검찰청 여성아동범죄조사부 검찰 수사관 정이언입니다. 부디, 그곳에서는 외롭지 않길……."

그때, 꽃샘추위에 따른 강풍이 창문을 콰광, 하며 훑고 지나갔고 정 계장의 어깨도 함께 움찔했다. 그러나 그녀는 그대로 눈을 감은 채 두 손을 맞잡았다. 어리둥절한 표정으로 그녀의 말을 듣고 있던 윤 수사관이 그녀를 따라 눈치껏 눈을 감았다. 석양이 물러난 자리엔 어느새 어둠이 내려앉았다. 집 안은 온통 어둠뿐이었다. 늦은 묵념이었다.

인(人)

피고인 이미연은 대법원에서 징역 20년을 확정받아 C 여자교도소에서 복역 중이다. 이미연과 동거했던 남자 친구 박정학은 경찰의 참고인 조사를 앞두고 돌연 잠적하였다. 그는 혼인빙자사기 등 전과 9범인 것으로 밝혀졌다. 한편, 이미연은 출산을 약한 달 앞두고 계류유산하였다.

알리바바와 40인의 도적

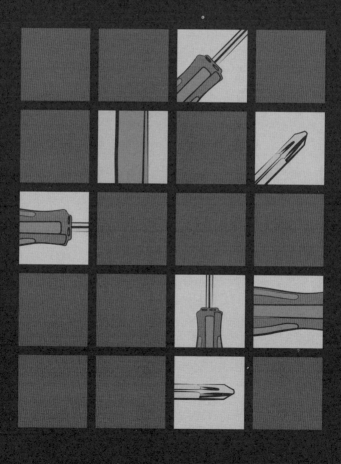

조동신

2010년 단편 「칼송곳」으로 제12회 여수 해양문학상 소설 부문에서 대상을 수상했으며, 2012년 제1회 아라홍련 단편소설 공모에서 가작, 2017년 제2회 테이스티 문학상 공모에서 우수상, 2017년 제3회 부산음식 이야기 공모전에서 동상, 2018년 제4회 사하모래톱 문학상에서 최우수상, 2019년 제주신화 콘텐츠 공모전에서 우수상, 2019년 추리작가협회 황금펜상을 수상했다. 발표한 작품으로 『까마귀 우는 밤에』『내시귀』『금화도감』『필론의 7』『세 개의 칼날』『아귀도』『수사반장』『칼송곳』『백수의 크리스마스』, 인문서 『초·중학생을 위한 동양화 읽는 법』『청소년을 위한 서양화 읽는 법』 등이 있고, 그 외 다수의 단편을 발표했다.

1038년, 동로마 제국령 아나톨리아반도 동부의 국경 도시인 에데사에서 있었던 일이다.

그곳은 교통의 요지라 각국의 상인들이 오가는 교역 도시였지만, 기독교 국가인 동로마 제국이 이슬람교를 믿는 동방의 여러 나라와 대치하는 최전방 기지이기도 했다. 그 때문에 언제든 전쟁이 일어날 수 있었다.

어느 날, 그 주변 아랍계 열두 부족의 족장들이 총독에게 인사하러 왔다.

"여기까지 오시느라 고생이 많았소. 짐들을 많이 싣고 왔구려."

그들이 끌고 온 낙타는 무려 500마리나 되었고, 모두 큰 바구니를 두 개씩 싣고 있었다.

"총독 각하께 드릴 선물입니다."

"호오, 대단하구려. 무엇이오?"

"지금 알려드리면 재미가 없지요. 내일 성의 방백분들까지 오시면 그때 정식으로 보여 드리겠습니다. 그냥 저대로 두십시오."

족장들의 말에 총독은 일단 낙타들을 총독부 뒤뜰에 매어두라고 한 뒤 저녁에 그들에게 큰 연회를 베풀었다.

그 무렵, 한 거지가 총독부 근처를 지나가다가 잔치를 보고 허기를 느꼈다. 남는 음식이라도 좀 얻을 수 있을까 하는 생각에, 슬쩍 하인들 지나는 길 쪽으로 가보았다.

"실례합니다만, 먹다 남은 거라도 좀 주실 수 있습니까?"

"이봐, 꺼져! 중요한 자리다!"

크게 기대하지는 않았지만 역시 문전박대였다. 거지는 실망해서 돌아가다가, 족장들이 몰고 온 낙타들이 쉬고 있던 자리로 가게 되었다. 주변에는 아무도 없었다.

"아니, 왜 낙타들을 저대로 재우지?"

낙타들이 앉아서 쉬고 있다는 점 자체는 이상할 게 없었지만 낙타 한 마리가 커다란 바구니를 두 개씩 싣고 있으면 무거울 텐데 짐을 풀지 않았다니 의아했다. 총독부 내 하인들을 부려서라도 짐을 다 내려놓았어야 했다.

그때였다. 누군가 뭐라고 속삭이는 소리가 들렸다. 낙타가 말을 할 리는 없었다. 듣고 보니 아랍어 같았다. 에데사는 아랍인, 튀르크인, 동로마인 등이 많이 사는 도시였기에 그도 언어를 어느 정도 구분할 수 있었다. 거지는 뭔가 수상하다는 생각에, 서둘러 다시 연회장 쪽으로 갔다.

"이봐, 꺼지라고 했잖아! 맞아야 정신 차리겠어?"

하인들은 다시 나타난 그에게 고함부터 쳤다.

"저, 저기, 저 낙타 수상합니다! 사람 목소리가 들렸어요!"

"뭐라고? 잘못 들은 거 아냐?"

"아랍어였어요! 생각해보세요, 왜 낙타 등의 짐을 풀지도 않고 있었겠어요? 누가 그 짐 안에 숨어 있는 게 분명합니다!"

하인들은 바빴지만, 다행히 그중 한 명이 그 말을 귀 기울여 듣고 서둘러 총독에게 보고했다. 총독은 군사들을 모아 낙타들이 대기하는 곳으로 갔다.

"열어라!"

총독의 명령이 떨어졌다. 알고 보니 500마리의 낙타들이 지고 있던 짐에는 병사 한 명씩, 총 천 명의 병사들이 숨어 있었고 그들은 밤에 총독부를 기습해 점령할 계획이었다. 놀란 병사들은 대항하려 했지만 바구니 안에서는 싸울 수 없었다.

총독은 그 낙타들을 몰고 온 족장들을 모두 처형했고, 거지에게 큰 상을 내렸다.

*

"이 이야기가 나중에 동화 「알리바바와 40인의 도적」의 모티브가 되었다고 합니다."

김기문이 말했다. 그가 운영하는 인터넷 방송 채널은 역사 관련 콘텐츠 중에서는 꽤 유명했으며, 주로 중동 지방의 역사와 문화 등을 소개하곤 했다. 그날 그는 생방송 진행을 하며 채팅창으로 들어온 질문에 답을 하고 있었다.

그때였다. 갑자기 채팅창이 빠르게 올라가며 분위기가 어수선해졌다.

— 아니, 뒤에 분 누군가요?

— 아라비아 여자들 입고 있는 거랑 비슷한 거 입고 있는데?

— 부르카라고 하죠, 아마?

김기문이 갑자기 무슨 말이냐며 뒤를 돌아보려는 순간, 부르카를 입은 사람의 손에서 초승달 모양의 단도가 빛났다. 짧은 순간 김기문은 그것이 자신이 가지고 있던 칼이라는 것을 깨달았다. 침입한 사람은 재빠르게 목장갑을 낀 손을 뻗어 김기문의 앞머리를 잡아당겨서 고개를 들어 올리게 한 뒤, 단도로 그 목을 찔렀다.

"헉!"

그의 목에서 피가 쏟아져 카메라와 화면에까지 튀기 시작했다. 김기문은 선혈을 뿜어대면서도 비틀거리며 일어나려 했으나, 부르카를 입은 사람은 재빠르게 방에서 나간 뒤 문을 닫아버렸다.

— 아니, 이게 뭐야?

— 진짜인가?

영상을 보고 있던 사람들은 모두 경악했다. 자작극인지 아닌지 토론이 이어졌고 어떤 사람들은 경찰에 신고하기도 했다. 몇 분 후, 경찰은 김기문의 여자 친구가 그의 집 앞에서 한 신고를 받고 출동했다. 영상은 자작극이나 가짜가 결코 아니었다.

생방송 중에 일어난 살인 사건이라니, 이 일은 외신까지 탈 정도로 반응이 뜨거웠다. 네티즌 중에서는 벌써 범인을 특정한 사람들도 있었다.

―어떻게 들어갔다가 어떻게 나왔대? 전문 자객인가?

―범행 시각에 아파트에 드나든 사람은 한 명도 없다는데?

―범인은 특공대 출신이야! 아파트 벽을 타고 올라가서 확!

―이슬람 문화 소개한다고 기독교도들이 악플을 막 달던데, 그들이 죽이기까지 한 걸까?

―기독교도들이 왜 굳이 부르카를 입었겠어?

인터넷 신문 기사에는 별별 댓글이 다 올라왔다.

*

서울 마포구에 있는, 한눈에 봐도 오래되었음을 알 수 있는 작은 건물 2층의 한 사무실에는 '임세호 탐정 사무소'라는 문패 하나가 걸려 있었다.

"이거 좀 드실래요? 제가 집에서 구워본 건데요."

남필이 포장해 온 쿠키를 내밀었다.

"원, 녀석. 생긴 것도 계집애처럼 생겨가지고 취미까지 이런 거냐?"

"그거 여성 비하 발언이라는 말 들으실 수도 있어요. 대낮부터 술 마시는 것보다는 낫죠. 그런데 소장님이 보기에는 어때요?"

남필이 물었다.

"뭐 말이야?"

"그 부르카 살인 사건이요."

그 사건 이후로, 피해자의 채널은 조회 수가 전보다도 몇 배나 늘었다. 수익을 얻을 사람은 이미 이 세상에 없긴 했지만. 다행히 살인 장면이 담긴 영상만 삭제되고 다른 것들은 그대로 있었다.

"부르카 살인 사건? 사람들이 그렇게 불러?"

"그런데 좀 이상해요. 흉기가 잠비야, 즉 예멘 전통의 초승달 모양 단도라고 하는데 그걸 훔쳐갔다는 건 '면식범의 소행입니다'라고 하는 거나 마찬가지잖아요? 잠비야가 거기 있다는 걸 알고 있는 사람의 짓이니까."

"거참."

"예멘에서는 그걸 가져야 제대로 된 남자 취급을 받고, 거기에 가문의 문장을 표시하기도 한다고 해요. 그중에는 보석이 여러 개 박힌 것도 있고, 칼집은 코뿔소 뿔로 만든 게 최고라나요. 그러니 꽤 비싸겠죠?"

"저런, 왜 애꿎은 코뿔소 뿔을……. 그렇지 않아도 멸종 위기인데."

이 탐정 사무소에는 소장 임세호와 인턴 사원 남필 두 사람만이 근무하고 있었다. 척 보면 둘은 매우 대조적으로 보였다. 중키에 날카로운 눈매 때문에 마치 흉악범처럼 생긴 마흔 살의 소장과는 달리 남필은 이제 스물여섯 살에 남자지만 웬만한 여자보다도 예쁘장하게 생긴 데다 상당한 동안으로, 머리만 기르면 여고생이라고 해도 속을 정도였다.

"부르카보다는 비옷 입고 가면이라도 쓰는 게 눈에 띄지 않아서 더 좋고, 칼도 굳이 잠비야를 쓸 필요가 없었을 텐데요. 집에 있는 부엌칼을 써도 되는데. 게다가 잠비야만 없어졌다고 했죠? 괴인 20면상이 가서 훔쳤을까요?"

남필이 말했다. 범인이 과연 어떻게 들어갔다가 나왔는지는 여전히 미지수였다.

"괴인 20면상? 그게 뭐야?"

"일본판 괴도 뤼팽이죠. 추리소설가 에도가와 란포가 만들었어요. 변장의 명수라서 얼굴이 스무 개란 뜻으로 20면상이래요. 한번은 본인을 40면상이라고 자칭하기도 했어요."

"됐다. 그놈의 추리소설 하고는……. 그냥 뤼팽이라고 해도 되잖아."

"하긴, 20면상도 뤼팽도 살인은 하지 않았는데. 범인의 목적은 그 칼이었던 걸까요?"

임세호는 손을 내저었다. 그는 형사 출신이라 추리소설이나 영화 등은 현실과 맞지 않다고 늘 말하곤 했다. 반면 남필은 에도

가와 란포 작품들을 최근에 읽고 푹 빠져 있었다.

"소장님도 셜록 홈즈 이야기 보시면서 형사나 탐정을 꿈꾸지 않으셨나요?"

"어렸을 때 한두 편 보긴 했지만 이제 기억도 안 난다."

남필로서는 신경이 쓰였다. 피해자 김기문은 아버지가 건설 회사 간부였고 그 때문에 중동에 자주 오갔다고 한다. 그 영향으로 김기문은 중동 관련 콘텐츠를 다루는 인터넷 방송 채널을 운영하게 되었다. 중동 관련 영상을 만드는 크리에이터와 중동에 오갔던 그의 아버지, 그리고 예멘 전통 칼. 어딘가 연결점이 있지 않을까. 게다가 수상한 점이 한 가지 더 있었다.

바로, 김기문의 여자 친구인 송영혜가 그가 바람피우는지 알아봐달라고 의뢰했다는 것이었다.

"그나저나 그 사건 때문에 경찰이 우릴 조사하러 올지도 몰라요. 솔직히 송영혜가 좀 수상하긴 했는데."

"하지만 용의자가 또 있을걸? 범행 현장에 외부인 침입 흔적은 없으니, 같은 층에 사는 사람이 범인일 수도 있지."

"경찰입니다!"

이들의 말이 끝나기 무섭게 사무소 문이 세차게 열렸다.

"광역수사대 최헌수 형사라고 합니다."

"오랜만이네."

임세호가 말했다. 최 형사와 그 파트너는 임세호와 남필을 번갈아가며 보았다.

"송영혜 씨라고 알지?"

"의뢰인의 비밀은 지키는 게 탐정의 본분!"

최헌수의 물음에 임세호는 자리에 털썩 앉으며 말했다. 남필은 차를 내오겠다며 사무실 구석으로 갔다.

"살인 사건 조사 중인 거 알 텐데?"

"탐정의 본분도 알 텐데?"

임세호는 웃는 얼굴로 말했다. 남필은 그의 그런 점에 이미 익숙해져 있었기에 뭐라 할 수도 없었다.

"난 됐으니 네가 설명해라."

임세호의 말에 남필이 직접 나섰다.

"송영혜 씨가 우리 사무소에 와서 김기문 씨가 자기 말고 다른 여자를 만나는지 알아봐달라고 했습니다."

송영혜는 등산 동호회에서 김기문과 만났다. 그녀의 등산 솜씨는 수준급이었고, 무엇보다 놀라운 것은 어디서 배운 건지 무술 실력 또한 출중하다는 것이었다. 그들은 몇 번의 만남 끝에 연인으로 발전했다.

"김기문 씨는 회사를 다니다가 그만두고 개인 방송을 전업으로 하게 되었고, 아버지가 중동 건설 현장에서 근무한 적이 있어서 거기서 얻은 지식 등을 바탕으로 중동 지방의 역사와 문화 등을 소개하는 콘텐츠를 주로 했다고 하네요. 그래서 그 주변 사람들이나 옛 동료 중심으로 조사하기는 했는데, 다른 여자를 만나고 있는 것 같지는 않았습니다."

탐정에게 의뢰하는 데는 돈이 꽤 든다. 송영혜가 그런 의뢰를 한 것에는 반드시 뜻이 있었을 것이다. 하지만 아무리 조사해도 김기문에게 수상한 점은 없었다. 물론 탐정은 돈만 받으면 그만이었다. 가만히 듣고 있던 임세호가 물었다.

"그런데, 현장에서 흉기가 없어지지 않았어?"

"없어졌습니다."

최헌수의 파트너인 이재윤이 말했다.

"그 단도는 피해자의 아버지가 예멘에서 30년 전에 구해 온 거라고 합니다. 사실 불법이었는데 어떻게 들여왔다고 하네요. 칼날도 그대로 살아 있고요."

그 칼로 사람 목을 베는 모습이 방송으로 나갔으니 그게 흉기임은 명백했다. 하지만 현장에는 부르카만 남아 있었을 뿐, 칼은 없어졌다.

"이봐, 질문은 우리가 해!"

최헌수가 말했다.

"송영혜 씨가 김기문에 대해 알아봐달라고 한 게 다야?"

"그게 답니다. 그리고 말씀드렸듯이 바람피우지도 않았어요."

남필이 대신 대답했다. 두 형사는 그 이상의 질문을 하지 않고 그냥 돌아갔다. 더 물어도 답할 것도 없었다.

그날 퇴근 후, 남필은 그 '부르카 살인 사건'의 현장에 가보았다. 자가용이 없는 그에게 그곳은 집과도, 사무소와도 먼 곳이었지만 그는 알 수 없는 책임감을 느꼈다.

'여긴 오래되기는 했지만 한강에서도 멀지 않아서 가격이 꽤 비싼데, 개인 방송을 해서 한 달에 몇 억씩 버니 이 정도가 가능한 건가? 나도 탐정 관련 방송이나 해볼까?'

김기문이 살던 아파트는 40년 내지 50년 정도는 되어 보였다. 강남 아파트 붐의 원조 격 되는 곳인 셈이다. 현장에는 아직 폴리스 라인이 쳐져 있었다. 김기문은 그 아파트 501호에서 살고 있었다.

남필이 알아본 결과, 범행 시각에 그 아파트에 드나든 사람은 없었다. 범행 직전에 누군가가 아파트 후문의 CCTV를 부수기는 했다. 범인이 그리로 빠져나간 것으로 짐작되기는 했지만, 그 외에는 아무 단서도 없었다.

'같은 아파트에 사는 사람이 범인인가?'

피해자와 같은 층에 살고 있는 사람들 중 한 명이 범인이라면, 경찰이 어떻게든 조사를 했을 것이다. 사건 발생 시각은 밤 11시 15분이었으므로 같은 층에 사는 사람들의 알리바이는 애매했을 수도 있다.

송영혜는 그날 김기문의 집에 방문하긴 했다. 그녀는 친구들에게 보여주기 위해 그의 집에 있던 부르카를 빌려 가서 입었고 그것을 그날 오후에 돌려줬다고 한다. 그렇다면 부르카에서 그녀의 모발이나 피부 각질이 발견된다고 해도 이상할 게 없다.

김기문은 자신의 채널에서 사건 며칠 전부터 생방송을 예고했으니, 그날 그 시각에 생방송을 한다는 사실은 이미 많은 사람이 알고 있을 것이었다.

문제는, 과연 굳이 생방송 중에 살인을 저지를 이유가 있었을까 하는 점이었다. 범인은 괜히 관심을 끌고 싶었던 걸까? 아니면 알리바이를 완벽하게 확보하기 위한 전략이었을까? 생방송 중 살인 사건이라니 조작은 불가능할 것이다.

"나 원 참."

범행 시각에 현장에 오간 외부인은 11시 무렵 그 아파트에 들어갔던 택배 기사뿐이었다. 그는 모자에 마스크까지 쓰고 장갑을 끼고 있었기 때문에 신원을 알 수 없었다. 더욱이 그는 사건이 일어나기 전에 이미 아파트 단지를 떠났다.

특이한 점이 있다면, 그는 작은 상자 여러 개를 수레에 싣고 들어갔다가 다시 그것들을 싣고 나왔다는 것이다. 콜밴(승용차에 싣기에는 많고 트럭에 싣기에는 적은 짐을 운송해주는 밴)인 것 같았다.

"아니, 당신?"

남필이 뒤를 돌아보니, 젊은 형사가 눈에 띄었다. 아까 사무실에서 보았던 이재윤 형사였다.

"형사님?"

"여기 무슨 일로 왔습니까?"

"그냥 그 사건 때문에 왔습니다."

남필은 돌아섰다.

"사건 신고 포상금이라도 들어오지 않을까 해서요."

"정말 그렇습니까?"

이재윤은 씩 웃었다.

"송영혜 씨가 수상해서 그런 건가요?"

"하지만 아는 건 아까 말씀드린 게 답니다. 정말로 다른 여자 만나는 게 맞나 알아봐달라고 했거든요. 그런데 그 아버지가 예멘에 갔을 때 거기서 잠비야를 몰래 가져왔다고 한 것까지 알아본 건 맞아서요."

"그런가요?"

"송영혜 씨의 아버지는 예전에 예멘에서 돌아가실 뻔했는데, 최근에 돌아가셨답니다. 의사였고 어느 부잣집 주치의였는데 그만……."

남필은 그녀의 아버지와 김기문의 부친이 모두 중동 여러 나라를 돌았다는 사실을 알았고 잠비야를 손에 넣게 된 경위가 떳떳하지 않았을 것이라 생각했다. 더욱이 그녀의 아버지는 중동에서 큰 화상을 입고 귀국했으며, 화상 병동에서 거의 최근까지 치료를 받다가 사망했다. 하지만 김기문의 아버지는 한국에서도 사업가로 아직도 왕성히 활동하고 있었다. 어쩌면 그 과정에서 원한이 생겼고, 그 때문에 송영혜가 김기문에게 의도적으로 접근했을 수도 있었다.

"김기문이 정말 외도라도 했다면 의뢰인이 돌이킬 수 없는 짓을 했을 수도 있습니다."

남필은 그 점을 염려하고 있었다.

"그런 걸 생각하면 탐정 일을 하지 말아야죠. 사실 그 때문에 무슨 사달이 난들, 탐정 잘못은 아니니까요."

이재윤은 별일 아니라는 표정을 지었다.

"그런데 기사를 보니까, 현장에 외부인은 드나들지 않았다면 서요? 그렇다면 같은 층에 살고 있는 사람이 범인인가요?"

"그야 아직 모르죠. 같은 층에 살고 있는 사람들 중에서도 가족이나 주변 사람들이 알리바이를 증명해줄 수 있으니까요. 하지만 그것까지 파악하기에는 시간이 걸립니다."

그때였다. 한 남자가 남필과 이 형사를 보더니, 아주 못마땅하다는 얼굴로 지나갔다. 남필이 이재윤에게 물었다.

"저분이 혹시 같은 층에 있는 분인가요?"

"뭐요, 기잡니까?"

그 남자는 남필의 말을 들었는지 남필과 이재윤의 대답은 들을 생각도 하지 않고 불쾌한 얼굴로 쏘아붙였다.

"이번에 생방송을 하다가 죽은 사람? 그래요. 내가 그 옆집 사람인데, 옆집 사는 게 죄도 아닌데 이야깃거리로 만듭니까? 그렇지 않아도 집값 떨어질까 걱정인데!"

"그냥 수사상의 절차일 뿐입니다."

남필의 말에, 남자는 무슨 소리냐며 화를 버럭 냈다.

"그래요. 그 방송 때문에 가끔 소음이 크게 나서 따지러 간 적이 있어요. 하지만 그렇다고 칼로 사람을 찌를 일은 아니죠! 물론 층간소음 때문에 살인도 벌어진다고는 하지만, 그런 일이 그리 쉽게 일어납니까?"

"그날 무슨, 수상한 점은 없었나요? 옆집에 택배 온 소리라도 들으셨거나."

"택배요? 11시쯤 오긴 했죠. 사람 지나가는 소리를 듣기는 했는데 그게 답니다."

옆집 남자는 몸을 돌리려 했다.

"저기, 실례지만 혹시 담배 피우시나요?"

"아니요, 입에도 못 댑니다! 그런데 왜요?"

"복도나 베란다에서 담배를 피우기라도 하면 혹시 뭘 보셨을 수도 있으니까요."

"요즘 아파트 복도, 베란다 다 금연인 거 모르시나?"

남자는 휙 하고 가버렸다.

"경찰 조사 받는 게 유쾌한 일은 아니죠. 하하하."

이재윤이 말했다.

"참, 보니까 아까 그분, 파트너시죠? 그분은 우리 소장님이랑 잘 아시는 것 같던데."

남필이 슬쩍 물었다.

"최 형사님이요? 네. 임세호 형사님이 경찰에서 근무할 때 잘 아셨는데, 일이 생겼다고 경찰 그만두고 사립 탐정이 되셨다고요. 무슨 일인지는 잘 몰라요. 그쪽은 언제부터 거기서 근무하신 겁니까?"

"얼마 되지 않았어요. 하하하."

남필은 곧 웃음을 지우고 다시 물었다.

"범인이 옆집 사람이면 베란다를 통해서 건너갈 수 있지 않을까요? 그래서 CCTV에도 잡히지 않은 거고요."

"그럴 수 있습니다. 들어간 다음에 부르카를 입고 칼을 찾는 시간까지 합하면 15분이면 충분하긴 하죠."

"현장에 택배 기사 말고는 오간 사람이 없다고 했는데, 범인이 그 짐 안에 숨어서 들어간 건 아닐까요? 차적 조회는 해보셨어요?"

"그건 무리입니다."

이재윤은 고개를 저었다.

"수레에는 작은 상자 여러 개가 실려 있었습니다. 그 안에는 아무도 들어갈 수 없어요. 그리고 차적 조회 결과는 말씀드리기 곤란합니다."

"작은 상자 여러 개를 쌓아놓고, 그 상자들의 연결된 부분을 잘라두면 그 안에 사람이 들어갈 수 있지 않나요? 추리만화나 마술 등에서 흔히 쓰이는 방법인데."

상자들의 위아래 부분을 뚫고 쌓는다면 그 안에 사람이 들어갈 수 있을 것이다. 하지만 이재윤의 답은 마찬가지였다.

"그랬으면 엘리베이터 CCTV는 속일 수 있겠지만, 정작 피해자는 속일 수 없죠! 그렇게 들어갔다가는 피해자가 알아차렸을 테니까요. 그리고 택배 기사가 그 상자들을 고스란히 다시 들고 내려갔습니다."

"잘못 배달되었던 걸까요?"

남필은 고개를 갸우뚱했다. 현장의 창문이나 문은 모두 닫혀 있었다. 범인이 어떻게 드나들었는지 알 수가 없었다. 방법은 그 택배뿐이다.

송영혜의 집은 현장에서 차로 15분 정도 되는 거리에 있었다. 그녀는 범행 시각에 자신의 집에서 휴대폰으로 김기문의 생방송을 보고 있었다고 했다. 위치 추적을 해보니 정확했다.

정말 송영혜가 범인이라고 하더라도 문제가 있었다. 남필이 방금 생각한 그 방법대로 들어갔다고 해도 나올 때는 어떻게 나왔느냐는 점이었다. 범행 직후 엘리베이터 CCTV에는 아무도 찍히지 않았다. 그 주변에서도 다른 사람을 찾기는 어려웠다.

남필은 다음 날 퇴근 후, 송영혜에게 갔다.

"누구세요? 아, 그 탐정이시군요?"

"기억하시네요."

"탐정님처럼 생긴 사람은 쉽게 잊기 어렵죠."

그녀는 물론 좋은 뜻으로 말했겠지만, 남필에게는 그렇게 들리지 않았다.

"그런데 무슨 일로 오셨죠?"

"애프터서비스 때문에 왔습니다."

"무슨 서비스요?"

그녀는 어이가 없다는 듯 말했다.

"사실, 고객님이 우리 탐정 사무소에 의뢰를 하셨던 일 때문에 우리도 경찰 조사를 받았습니다. 고객님도 그 칼에 관해 알고 계셨지요?"

"네."

"그런 걸 경찰에 신고하지도 않고 소유하고 있었다니, 원. 그런데 그 일 때문에 온 겁니까?"

옆에 있던 송영혜의 남동생, 송영식이 말했다. 여전히 남필은 그들이 유력한 용의자라고 생각했다.

뜻밖에, 송영혜는 알리바이가 확실했다. 그녀는 남동생과 둘이 살고 있었는데 범행 시간대에 그들은 텔레비전을 보고 있었다고 진술하며, 무슨 영화를 봤는지 상세히 말해주기까지 했다.

"부르카를 왜 빌리셨죠?"

"심심해서 한번 입어봤어요. 그리고 그날 오후에 만나서 돌려줬고요. 그 옷 입고 사진도 찍어서 SNS에 올렸는걸요?"

"그래요?"

남필은 고개를 저었다. 여자 친구인 만큼 김기문의 집에서 그녀의 지문이나 모발 등이 나온다고 해서 이상할 것은 없었다. 증거는 충분치 않지만 사건은 묘하게 남필을 잡아당기고 있었다.

"김기문 씨가 방송하는 걸 돕거나, 같이 촬영한 적은 있나요?"

"그 채널 못 보셨어요? 그런 적 없어요. 늘 혼자였고요. 생방송을 본 것도 그때가 처음이었어요. 실시간으로 질문을 받으면서 방송하는 걸 보는 것도 재미있지 않을까 해서요."

"옆에서 그 부르카를 입고 같이 방송했으면 더 재미있지 않았을까요?"

"제가 한번 그러자고 했는데, 괜히 그랬다가 아라비아 문화를 조롱한다는 말을 들을 수도 있다고 했어요. 제가 만약 방송에 끼어들었으면 쫓겨났을걸요?"

"프로 정신인가……."

"그런데, 저기요. 저랑 누나랑 경찰서에서 이미 충분히 조사받았는데, 무슨 애프터서비스가 질문을 그렇게 하는 겁니까?"

송영식이 말했다.

"범인이 현장에 어떻게 드나들었는지 몰라서요. 혹시 김기문 씨 집 비밀번호 아세요?"

"몰라요. 그 사람과 만나기 시작한 지 그리 오래되지는 않아서요. 그런데 솔직히, 전에 듣기로 기문 오빠는 그 칼 때문에 당한 걸지도 몰라요. 경찰한테도 말하긴 했지만, 그 칼이 예멘 어느 가문의 보물이고 그걸 오빠의 아버지가 훔쳤을 수도 있다고요. 하지만 저는 아버님이 그 임자의 목숨을 구해주고 그 대가로 칼을 받았다고 들었어요."

"그래서 그 집안 사람들이나 누군가가 사주해서 그를 죽이고 칼을 빼앗았다고요? 하긴, 그럴 수도 있겠네요. 혹시 그 칼을 잘 아시나요?"

"잘은 몰라요. 보석 같은 게 박혀 있고 꽤 비싼 거라고 들었어요. 한 번 본 게 전부예요."

남필은 송영혜 남매의 집에 들어가볼까 했으나 벌써 경찰이 다 수색했을 것이고 그때 잠비야가 나왔다면 이들은 벌써 잡혔을 것이다.

"솔직히 저, 오빠가 다른 여자 만나는 것 같기는 했어요. 설마 그 의뢰 때문에 절 의심하시는 건 아니죠?"

"사건 조사란 게 그런 거니까요. 아, 그리고 김기문 씨가 마지막 방송으로 한 게 『아라비안 나이트』에 관한 것이었는데, 그 이야기 아시나요?"

"『아라비안 나이트』야 뭐, 엄청 유명하죠. 「알라딘」「신밧드의 모험」또「알리바바와 40인의 도적」도 있고, 거기에 별별 이야기가 다 있잖아요?"

송영혜는 갑자기 그 이야기를 왜 하는지 물었다.

"그 생방송 중에 채팅으로 질문을 하지 않으셨나요?"

"그랬다간 저라는 걸 금방 알아차리게요?"

"계속 보고 있었다면 살인 장면도 다 보셨겠군요?"

"아니요. 동생이 텔레비전을 보다가 외출하는 동안 저는 휴대폰으로 오빠 방송 보고 있었는데, 잠깐 물 좀 마시러 부엌에 갔다 오니까 화면이 빨갛고 사람들이 채팅창에 사람이 칼에 찔렸다는 글을 올리지 뭐예요? 놀라서 오빠한테 전화를 몇 번이나 했는데 받지도 않고요. 동생은 휴대폰을 두고 나갔어요. 그래서 동생이 돌아오길 기다렸다가 곧바로 나와서 택시를 탔어요. 그리고……."

송영혜는 말을 잇지 못했다. 그러자 송영식이 재빨리 마무리

했다.

"저는 깜짝쇼일지도 모른다고 했는데, 누나가 성화를 부려서 기문 형의 집에 같이 갔어요. 그런데 정말일 줄은 몰랐습니다."

"하긴, 동생분이랑 가는 게 더 든든했겠죠."

남필은 납득했다는 듯 고개를 끄덕였다. 남매를 바라보는 날카로운 눈빛은 여전히 유지한 채.

잠시 후, 남필은 다시 범행 현장인 아파트로 향했다. 아파트 근처는 공원과도 가까워 밤에는 꽤 한적했다. 범행을 하기에는 좋은 장소였다.

"남필!"

갑자기, 익숙한 목소리가 들렸다. 남필은 뒤를 돌아보았다. 임세호였다.

"어, 소장님이 여긴 웬일이세요?"

"그건 내가 묻고 싶다. 왜 이 사건을 네 마음대로 조사하지?"

"송영혜 씨가 우리한테 김기문을 조사해달라고 한 게, 범행을 위한 사전 조사 같아서요. 거기다 잘하면 신고 포상금도 받을 수 있고 해서요."

"야, 내가 모를 줄 알아? 왜 쓸데없이 오지랖이야?"

임세호는 남필의 머리카락을 마구 헝클며 말했다. 남필이 이 사건에는 어느 정도 자신의 책임도 있다고 생각해서 직접 해결하러 왔다는 사실을 임세호는 잘 알고 있었다.

"제가 여기에 있는 건 어떻게 아셨어요?"

"여기 아니면 송영혜 집에 갔을 것 같아서 그랬다. 보니까 피해자 집은 구석이고 저기 공원 쪽 길과 통하고 있어서 남들의 눈에 쉽게 띄지는 않아. 하지만 어떻게 들어갔다가 나왔는지는 모르지."

남필은 잠시 생각해보았다.

"그 옆집 남자 말인데, 범행 시각에 혼자서 인터넷을 하고 있었다고 했잖아. 그 알리바이를 증명할 방법이 없단 말이지. 하지만 그가 범인이란 증거도 없으니⋯⋯."

"소음 때문에 사람을 죽였다면, 그게 부르카까지 입고 할 일은 아니에요. 변장을 했다면 대개 계획한 범죄일 테니까요. 역시 송영혜와 송영식, 그 남매가 범인일 것 같은데 말이죠."

"그들이 범인이란 증거는 있어?"

"지금은 없지만, 범죄를 입증할 만한 방법이 한 가지 있긴 합니다."

"방법이라니?"

"상자를 불에 태우면 오히려 증거가 남을 테니까, 적당한 데 버리는 게 낫겠죠."

"무슨 소리야?"

"폐지 수거하는 곳에 가서 한번 알아보는 게 좋겠어요. 소장님, 같이 가실 건가요?"

"내가 왜?"

"살인범을 찾을 수 있잖아요."

"그건 우리 업무가 아니잖아. 넌 형사가 아니야."

임세호가 전직 형사로서 그런 말을 하다니 조금 우스웠다. 남필은 그래도 자신이 한번 조사해보기로 했다.

범인이 흉기를 어떻게 처분했을지 궁금했다. 그리고 그것을 김기문이 어떻게 손에 넣었는지도. 잠비야는 예멘 사람들에게는 꽤 의미가 있는 물건인데, 그것을 한국인이 쉽게 갖기는 어려울 것이다.

'칼 손잡이에 박힌 보석만 해도 꽤 값나가 보이던데, 그걸 어떻게 한 건가?'

김기문은 그 단검을 자신의 방송에서도 보인 적이 없다. 경찰이 그 주변은 물론 옆집이나 송영혜의 집 등을 샅샅이 수색했지만, 잠비야는 나오지 않았다.

'가장 이상한 건, 왜 굳이 그걸 흉기로 썼을까?'

그 점이 가장 마음에 걸렸다. 단지 칼을 훔치고 싶었다면 김기문을 죽이지 않고 들고 나오면 되었을 텐데, 왜 굳이 그런 짓을 했을까?

"좋아, 일단은 사건부터 살펴봐야지."

남필은 우선 폐지 수거 업체를 알아보았다. 하지만 생각보다 그런 업체가 많았고, 수거하는 사람들에게서 단서를 얻기도 쉽지 않았다.

계속 허탕만 치다 어느 고물상에 갔을 때였다.

"응?"

남필은 뒤에서 뭔가 낌새를 느끼고 돌아보았다. 순간, 뭔가가 바람을 갈랐다.

"헉!"

이상한 사람이 후드티를 입고 마스크를 쓴 채 서 있었다. 하지만 그보다 중요한 것은, 그의 손에 들린 쇠파이프였다.

'아니?'

그는 보란 듯, 남필의 머리를 향해 그것을 휘둘렀다. 남필은 당황하지 않고 대학생 때 배운 호신술을 쓰기로 했다. 우선 손에 든 숄더백으로 그 쇠파이프를 막은 뒤, 백 끈으로 쇠파이프를 잡아당겼다.

괴한은 놀랐으나, 남필이 손을 발로 차서 파이프를 떨어뜨리자 옆에 있던 폐지 더미를 그에게 던졌다.

"뭐야?"

남필이 잠시 주춤하자 그는 재빠르게 달아났다. 쫓아가보았지만 그는 오토바이를 타고 달아난 뒤였다.

'이런, 혹시 내가 그 수법을 알아차렸다는 사실을 들켰나?'

다음 날, 임세호와 남필은 송영혜 남매의 집을 찾아갔다. 임세호는 전날의 습격 사건을 듣고, 이럴 때는 허세가 필요하다는 충고를 해주었다. 이제부터 그 허세를 발휘할 참이었다.

"아니, 또 무슨 일이시죠?"

날카로운 송영혜의 목소리에 남필이 다짜고짜 쏘아붙였다.

"두 분이 김기문 씨를 죽였죠?"

"그게 무슨 말씀이세요?"

송영혜가 발끈했다.

"범행 당일 오후, 송영혜 씨는 피해자의 집에 갔다가 그 부르카를 돌려줬다고 했죠? 그것을 빌린 이유는 거기서 자기 모발이나 피부 각질 등이 나와도 이상하지 않도록 하기 위해서였을 겁니다."

"그날 돌려줬다니까요?"

"거짓말이죠. 그날 오후에 그리로 간 건 맞지만 부르카는 돌려주지 않았어요. 애인 집에 가는 거야 이상한 게 아니지만, 그날 밤에 방송을 할 테니까 오래 있을 수는 없었습니다. 그 점을 노렸죠."

"제가 오빠네 집에 들어갔다는 증거 있어요?"

남필은 씩 웃고는 전에 생각해두었던, 작은 상자를 쌓아서 연결시킨 뒤 그 안에 들어가는 방법을 설명했다.

"송영혜 씨는 미리 수레 밑에다 아주 큰 상자를 접어서 붙여둔 다음에, 엘리베이터에서 내리자마자 그 큰 상자를 펴고 안에 들어간 겁니다. 그런 다음에 택배 기사, 송영식 씨가 택배 기사로 위장했죠? 배달 왔습니다, 하고 초인종을 누른 거죠."

"아니, 그건……."

"생방송 직전이니까 김기문 씨는 내용물을 확인하지 않고 일단 현관 안으로 들이기만 했겠죠. 보낸 사람이 여자 친구라고 썼으니까 딱히 의심하지는 않았을 겁니다. 그리고 송영식 씨는 빠져나가고요. 송영혜 씨는 부르카를 입은 채 상자 안에서 시간이 될 때까지 기다렸다가, 상자를 찢고 나와서 김기문 씨의 집에 있던 그 잠비야를 꺼내 범행을 저지른 겁니다!"

"이봐요. 그럴듯하지만, 나갈 때는 어떻게 나가요? CCTV에 잡히지도 않고!"

"김기문 씨와 등산 동아리에서 만났다고 했죠? 아니, 의도를 갖고 접근한 것이겠지만. 간단합니다. 당신은 등산 전문가고 무예에도 능하니까, 아파트 문손잡이에 등산용 밧줄을 걸고 벽을 타고 재빠르게 내려간 겁니다. 3층이니까요. 피해자의 집은 제일 구석에 있으니까 눈에 띌 위험도 적고요. 줄은 고리 모양으로 걸어서 풀기만 하면 회수할 수 있게 하는 거죠! 그리고 미리 준비해둔 탈것을 타고 도망치면 그만입니다."

"……."

"송영식 씨는 적당한 곳에 콜밴을 버리고, 상자도 미리 봐둔 곳에 버린 뒤 집으로 돌아가죠. 그리고 텔레비전을 보다가 중간에 편의점까지 가면서 알리바이를 확보하고, 미리 가져온 송영혜 씨의 휴대폰으로 살해 장면을 보고 김기문에게 전화를 걸었죠. 자기 누나가 전화를 몇 번이고 건 척을 해야 하니까요. 그동안 송영혜 씨는 집으로 돌아갔죠. 이후 둘이 같이 택시를 타고 피해자 집으로 간 겁니다."

송영혜가 어처구니 없다는 표정을 지었다.

"세상에, 이야기를 잘도 꾸며내네요. 우리가 그랬다는 증거가 있나요?"

송영혜가 물었다. 남필은 조금도 당황하지 않고 말을 이었다.

"먼저, 부르카에서 종이 상자와 접촉한 흔적인 보푸라기가 나왔습니다. 현장에 골판지 조각도 조금 남아 있었고요. 거기다, 두 분은 운이 나빴습니다."

"무슨 말이죠?"

"두 분은 범행에 사용한 그 상자를 전부 폐지 줍는 사람들이 주워 가도록, 쓰레기 버리는 장소에 버렸죠? 태우기라도 하면 눈에 띌 수 있으니까. 그래서 폐지 상인들에게 물어봤는데 적당한 부위가 잘린 상자를 기억한 사람이 있었어요. 그래서 상자를 회수했고 거기서 두 분의 지문이 나왔습니다."

"설마, 지어낸 이야기 아닙니까?"

갑자기 송영식이 끼어들었다.

"그 상자가 있다면, 우리 지문이 있다면 그걸 좀 보여주세요! 아니, 벌써 경찰이 왔어야지 왜 탐정님이 오죠?"

"증거가 하나 더 있습니다."

남필은 이럴 때 당황하지 말라는 말을 수없이 들었다.

"뭡니까?"

"어제, 어떤 사람이 고물상에서 조사하던 저에게 몽둥이를 휘둘렀습니다. 참, 그 사람은 후드티에 마스크 쓰고 얼굴을 가리고 있었지만, 청바지를 입고 있었어요."

"그게 우리가 범인이란 증거인가요? 청바지 입은 사람이 한둘입니까?"

송영식은 기가 찬다는 얼굴로 그를 보았다.

"청바지는 증거가 안 되지만, 제가 그때 그 사람의 허리띠를 붙잡았거든요. 그렇다면 그 허리띠에는 제 지문이 남아 있을 겁니다. 혹시 실례가 되지 않는다면 제가 그 허리띠를 좀 살펴봐도 될까요?"

"말도 안 되는 소리 마! 손도 못 댔으면서!"

"아!"

송영식이 언성을 높이자 송영혜가 놀라며 외쳤다. 남필은 그 순간을 놓치지 않았다.

"손을 댔는지 못 댔는지 어떻게 아시죠? 역시 당신이 저를 습격했군요? 이거 살인미수까지 추가입니다! 그리고 저뿐만 아니라 제 동료도 함께 조사했고, 그 종이 상자를 찾아낸 것도 사실이고요!"

순간, 두 남매의 얼굴이 창백해졌다. 곧 남필의 뒤에서 최헌수와 이재윤이 나타나자, 그들은 체념할 수밖에 없었다.

*

"기가 막힌 우연이네요. 피해자가 죽기 전에 한 말이 「알리바바와 40인의 도적」, 그 이야기의 유래에 관한 이야기였으니까요. 범인도 현장에 몰래 들어가기 위해 그 방법을 썼다니."

동화의 내용은 이렇다. 도적단은 알리바바에게 자신들의 소굴을 들키자 그를 없애기로 한다. 스무 마리의 낙타에 항아리를 두 개씩 싣고 그 안에 도적들을 한 명씩 들어가게 한 뒤, 두목은 기름 장수인 척하면서 알리바바의 집에 가서 하룻밤 잠자리를 청했다.

그날 밤, 알리바바의 하녀인 모르기아나는 그 안에 도적들이 들어갔다는 사실을 알아차리고 끓는 기름을 항아리에 부었다. 이후 도둑 두목이 뜰로 나가서 부하들을 불렀으나 모두 죽은 뒤였다.

"그런데 끓는 기름을 몸에 붓는데 비명을 지르지 않는다는 게 말이 되지 않잖아?"

"그러게 말이에요."

앞서 송영혜 남매의 아버지가 김기문의 아버지와 함께 30여 년 전 중동에 간 적이 있다는 말을 들었을 때 그 일로 인하여 이번 사건이 발생했을지도 모른다고 생각했는데, 역시 그랬다.

김기문의 아버지는 예멘에 의사로 갔다가 어느 부호의 잠비야와 보석을 훔쳐 한국까지 몰래 가져오려 했다. 하지만 동료에게 들키고 말았다. 그러자 그는 입막음을 위해 동료를 해치고 말았다. 그 동료가 바로, 송영혜 남매의 아버지였다. 그는 자동차 사고로 큰 화상을 입고 돌아와서 계속 병원에서만 지내다가 3년 전에 사망했으며 남매의 어머니도 그 뒤를 잇듯 세상을 떴다고 한다.

송영혜 남매는 어느 날, 아버지와 함께 갔던 동료가 아버지를 해치고 잠비야와 보석을 빼앗았다는 말을 듣게 되었다. 그 동료의 아들이 바로 김기문이었다. 남필도 김기문의 주변을 조사하다가 그와 비슷한 정황을 알고 있었지만, 확실한 증거는 없었다. 하지만 송영혜는 김기문의 집에서 그 칼을 보고 그것이 증거라 여겼다.

"그래서, 그 아버지 대신 아들을 없애서 자기가 죽는 것 이상의 고통을 주려고 했다 이거지?"

임세호는 고개를 절레절레 저었다. 살인이란 별별 이유로 다 행해지는 법이지만, 죄 없는 사람을 끌어들이는 것은 매우 비열한 일이다.

"「알리바바와 40인의 도적」은 『아라비안 나이트』에서 가장 유명한 이야기 중 하나지?"

임세호가 물었다.

"그렇죠. 원본 이야기의 무대가 되었던 에데사는 오늘날 튀르키예령이고 지금 이름은 샨르우르파예요. 시리아와 국경을 접하고 있어요. 교통의 요지인 만큼 아라비아 족장들도 그곳을 차지하려 했겠죠."

남필이 말했다.

"그런데 동굴의 문을 여는 주문이 왜 하필이면 '열려라 참깨'였을까?"

"참깨는 봉숭아처럼, 열매 주머니가 팍 열리면서 씨를 뱉어내기 때문에 그렇게 불렀다는 설이 있지만 그 외에도 여러 가지가 있어요."

"넌 어쩌다가 그런 이야기를 다 알게 된 거야?"

"어렸을 때 역사학자가 되고 싶었거든요."

"전에는 파티시에가 꿈이었다고 했잖아?"

"네, 파티시에 전에는 역사학자가 꿈이었어요. 그런데 역사학자는 먹고살기 어렵다고 들어서요."

"그러다가 이런저런 일 때문에 탐정이 되기로 하고? 그것도 내 밑으로 오다니, 너도 참……."

"인연이란 게 있나 봐요."

남필은 씩 웃고는, 자신이 탐정의 길을 걷기로 했던 계기를 다시 한번 떠올렸다. 그때 만났던 탐정을 동경하게 되었고, 그의 뒤를 잇고자 지금도 노력 중이었다.

"그런데 잠비야가 방송에 나간 이상 그걸 팔거나 할 수는 없을 텐데, 굳이 그걸 이용해야 했을까요?"

남필은 한숨을 쉬었다. 그 점이 좀 이상했다. 그 남매는 원수만 갚고 싶었을 뿐 칼을 가질 생각은 없었다고 대답했으며, 그들은 그것을 팔 방법도 없었기에 칼은 하수구에 버렸다고 했다. 하지만 아무리 수색해도 잠비야는 나오지 않았다.

"그거 가치가 꽤 있어 보이던데……."

남필은 고개를 갸우뚱했다. 혹시 누군가가 그것을 집어 갔거

나 아니면 그 칼을 손에 넣기 위해 남매를 이용한 건 아닐까 하는
생각도 들었다.

　물론, 남필과 임세호를 비롯하여 경찰도 모르고 있던 사실이
있었다. 그 무렵, 어떤 사람이 손에 그 잠비야를 들고 웃음 짓고
있었음을.

드라이버에 40번
찔린 시체에 관하여

ⓒ 황세연 김영민 한새마 김범석 여실지 유재이 조동신, 2023

초판 1쇄 인쇄일 2023년 9월 21일
초판 1쇄 발행일 2023년 10월 12일

지은이   황세연 김영민 한새마 김범석 여실지 유재이 조동신
펴낸이   정은영
편집   이태은 박진혜 최웅기
디자인   박정은
마케팅   이언영 한정우 최문실 윤선애
제작   홍동근

펴낸곳   네오북스
출판등록   2013년 4월 19일 제2013-000123호
주소   04047 서울시 마포구 양화로6길 49
전화   편집부 (02)324-2347, 경영지원부 (02)325-6047
팩스   편집부 (02)324-2348, 경영지원부 (02)2648-1311
이메일   neofiction@jamobook.com

ISBN 979-11-5740-382-0 (03810)

이 책의 판권은 지은이와 네오북스에 있습니다.
이 책 내용의 전부 또는 일부를 사용하려면 반드시 양측의 서면 동의를 받아야 합니다.